Des champs d'agonie

Des champs d'agonie

Vincent Pithon

Des champs d'agonie

Roman

© 2021 Vincent Pithon

Éditeur : BoD-Books on Demand
12-14 rond-point des Champs-Élysées, 75008 Paris
Impression : Books on Demand, Norderstedt, Allemagne

ISBN : 978-2-3222-5155-1
Dépôt légal : Juin 2021

[…]
Le cri des mouettes les rumeurs de la mer
Trop longtemps j'ai cherché la lumière
J'ai vu se briser tant de vagues sur la plage
Et j'ai chassé les ombres des nuages.
(La plage – Graeme Allwright – 1966*)*

I - CHEMIN DES DAMES, PRINTEMPS 1917

L'épouvantable nuit touchait à sa fin. Un déluge continu de fer et de feu. René-Jean, sorti de sa tranchée la veille pour monter à l'assaut, a trouvé refuge, malgré lui, dans un trou d'obus. Il a senti le souffle de l'explosion contre son visage puis, d'un coup, le sol s'est dérobé sous lui. Il a glissé sur le dos sans pouvoir arrêter sa chute. Il ne pouvait pas se servir de ses mains. Elles étaient crispées sur son fusil. Il était tétanisé par le froid et la peur.

Quelques jours auparavant, il s'était confectionné des mitaines avec le vieux pull donné par un de ses camarades. Récupéré sans doute dans les affaires d'un compagnon d'infortune mort au combat.

Couvert de boue, il est frigorifié. Il tremble. Il a un goût de métal et de charbon dans la bouche. Le fond du trou baigne dans l'eau. En faisant basculer un morceau de bois avec ses pieds, il réussit à se mettre un peu plus au sec. Il est allongé sur le dos contre la paroi humide.

Ses vêtements crasseux puent. Sa peau le gratte. Les puces et les poux l'aiment et ne le quittent plus. Les bandoulières de ses sacs lui irritent le cou et son casque pèse une tonne. Il est pris de tremblements. Ses dents claquent. Il est envahi d'une sensation de froid glacial qui pénètre jusque dans ses os. Il est agrippé à son fusil qu'il colle contre lui. Il trouve la force de lever les yeux vers le haut. Le soleil est resté couché. Une journée ténébreuse s'avance.

Les balles sifflent au-dessus de lui. Le ciel s'est embrasé. Des gerbes de feu jaillissent tout autour de lui. Des morceaux de bois volent et tournoient. Parfois, ils traînent avec eux des fils de fer barbelés. Un mélange de cendres et de terre retombe au sol. Des flocons noirs. Il n'entend plus rien qu'un bourdonnement incessant. L'explosion a rendu sourd René-Jean. Un acouphène de combat. Il ne se souvient plus depuis combien de temps il patauge. Il sent une odeur de bois pourri, de boue et de poudre. Une exhalaison de sang et de cadavre. Il voit du liquide rouge s'écouler doucement le long des bords du trou dans lequel il est abrité et emprisonné. Ce n'est peut-être que de l'eau qui ruisselle. Il ne veut pas savoir. Ses mains sont soudées à son arme. Source de mort ou de vie. Mais il ne peut s'en servir. Pas encore. Impossible de remuer ses doigts.

Et toutes ces questions qui le terrorisent. Comment se sortir de ce trou ? Qu'est-ce qu'il fabrique là ? Va-t-il mourir ici ? Seul ? Sa tombe est déjà creusée. Il n'y a plus qu'à recouvrir sa sépulture. Un obus va s'en charger sans doute. Il préfère fermer les yeux.

René-Jean enterre ses vingt ans dans des tranchées humides et froides. Les vêtements militaires le démangent sans arrêt et son paletot est trop petit. La chaleur de son pays lui manque tellement. Il garde toujours sa chéchia sous son casque pour protéger sa tête de la rigueur du climat. La sangle trop petite lui lacère le cou. Un masque de terre séchée enduit la majeure partie de son visage et accentue la profondeur de ses grands yeux noirs en amandes. D'un revers de la main, il se nettoie la bouche et découvre, au coin de la lèvre, une petite cicatrice. Il s'était blessé un jour de pêche ou la mer poussait sa colère. Une vague avait soulevé son embarcation. Lui avait perdu l'équilibre. Il était tombé dans le bateau et sa tête avait heurté le dessus de l'étrave. Il s'était soigné comme il avait pu avant de pouvoir rentrer sur la terre ferme.

Il pense à sa ville. Au beau mois d'avril. Le bord de l'océan. Sa barque couchée repose sur la plage attendant la prochaine partie de pêche. Il se revoit, assis sur les rochers, pieds nus, et le filet sur les genoux. Il aime les préparer et les ramender, sentir l'odeur salée de la mer et des algues, écouter le bruit des vagues qui s'enroulent et qui retombent avec fracas sur l'estran puis qui glissent jusqu'au sable brûlant. Il adore ajuster son chapeau de paille pour se protéger du soleil vif et généreux. Il apprécie quand la brise soulève sa chemise de coton et lui effleure le dos. Il sent les poissons fraîchement pêchés, préparés et saupoudrés de sel qui sèchent sur des claies de bois. Il goûte à pleine bouche aux fruits gorgés de sucre. Il voit le sourire de l'enfant qui joue sur la plage avec un crabe. Il observe le visage de sa femme là-bas. Ils se contemplent avec la complicité des êtres qui s'aiment. Ils se touchent avec les regards en pensant aux caresses à venir.

Une sensation de mordillement le sort de son humide et froide somnolence. Il rouvre les yeux et aperçoit un rat, effrayé et secoué par tout ce vacarme, qui tente de s'échapper de ce trou en lui grimpant dessus. Lui, il est habitué à voir ces animaux. Ils vivent ensemble depuis des mois. Il regarde ce petit être à quatre pattes se faufiler du piège avec vitesse et agilité. Il disparaît rapidement.

Peu à peu, le sifflement des obus diminue. Les tirs s'apaisent. Le bruit de la guerre semble s'éloigner. Le jour s'est décidé à se lever. Un ciel d'airain. Chargé, lourd, fatigué et triste de cette sauvagerie.

L'offensive doit être terminée. Il essaie un peu de se détendre. Avec la faible lumière, il commence à distinguer son environnement proche. Le trou dans lequel il est doit bien mesurer quatre mètres de diamètre. Le fond est marécageux. Une boue épaisse et glissante recouvre la muraille. Il a du mal à discerner les contours. Des troncs, des poutres et des planches enchevêtrées lui barrent la vue. Il tente de bouger un peu. Tous ses muscles sont endoloris. Le moindre mouvement lui demande un effort énorme.

Il n'a même pas pensé à regarder s'il était blessé. Seuls ses pieds sont gelés. Il pose son fusil à côté de lui en prenant garde de ne pas le laisser tomber dans l'eau boueuse. Il ouvre et ferme ses mains plusieurs fois pour tenter de les réchauffer. Il souffle dedans. Maladroitement, il attrape sa gourde pour se désaltérer. Il a du mal à en dévisser le bouchon. Après plusieurs essais et de fortes douleurs aux doigts, il réussit à prendre quelques gorgées. Une eau trouble et jaune. Il avale avec difficulté. Le goût de métal et de charbon est remplacé par une infâme saveur de terre.

— De l'eau… À boire… Aidez-moi ! entend-il.

René-Jean se raidit d'un coup. Il a perdu la raison et perçoit des paroles. Sa surdité passagère lui fait entendre des voix. A-t-il bien écouté ? Un murmure venu du fond du trou. Il saisit son fusil et dirige le canon vers le bord opposé. Un soldat ? Allemand ? Français ?

— Qui va là ?

— Je meurs… au fond ! réplique tout doucement la voix.

Faible et traînante, elle s'entend à peine.

— Je me trouve de l'autre côté, derrière… J'ai mal… J'ai soif ! poursuit-elle.

René-Jean tente de se redresser. Il voudrait voir au-dessus des morceaux de bois. Il aperçoit un soldat, derrière les branchages, comme lui, accolé au bord du trou.

— Est-ce que tu vas bien ?

Il n'entend pas la réponse. Il arrive à bouger un peu plus. Il décide de se rapprocher du pauvre guerrier. Il referme sa gourde et la fixe à sa ceinture. Il épaule son fusil. En évitant de mettre les pieds dans l'eau, il parvient à se retourner. Tout doucement, il progresse vers l'autre côté. Il enjambe les obstacles. Au bout d'un bon quart d'heure d'effort, il s'avance vers le combattant. Il a l'air épuisé.

— Comment t'appelles-tu ?

L'homme ouvre difficilement les yeux. Ils sont collés par de la boue. Au moment où il peut enfin voir, il est surpris et marque un temps d'arrêt. Au fond de lui, il ne pensait pas se retrouver avec un soldat noir. Il connaissait l'existence des bataillons de militaires de couleurs.

— Je m'app… je m'appelle Michel !

Michel paraît beaucoup plus âgé que René-Jean. Sa petite bouche est crevassée à cause du froid. Il a perdu son casque et ses cheveux bruns et courts sont sales et infestés de vermines. Il a les yeux écarquillés. Ils sont ternes et pleins de terreur.

René-Jean essaie de trouver une position confortable.

— Moi, c'est René-Jean !

Il défait son paquetage, souffle dans ses doigts puis attrape sa gourde. Il dévisse le bouchon. Il s'aperçoit vite que Michel ne peut pas bouger. Pâle, il a les yeux creusés. Un éclat d'obus lui a enlevé la main et une moitié de l'avant-bras droit. Sa manche tombe en lambeau. Étonnamment, il ne perd pas beaucoup de sang. Sans attendre, René-Jean accroche son bidon à une branche. Il sort de son sac une de ses chemises qu'il déchire en lanières grossières.

— Je vais te poser un garrot. Ça va faire mal !

Il entoure le membre meurtri d'un des morceaux de tissu puis il serre de toutes ses forces. Michel hurle de douleur. René-Jean attache l'étoffe avec un double nœud et met les autres bandes pour tenter d'arrêter complètement l'hémorragie. Puis il redresse Michel. Il le tire vers lui et passe son bras autour de ses épaules. Michel semble évanoui.

— Michel ! Michel ! Ouvre les yeux ! Bois un peu !

Michel s'exécute. René-Jean attrape son bidon et pose le goulot sur les lèvres de Michel. Il verse doucement quelques gouttes. Michel recrache directement le liquide. René-Jean recommence l'opération.

— Il faut que tu avales une gorgée !

Il doit s'y reprendre à plusieurs fois pour que Michel finisse par ingurgiter un peu d'eau. Cet effort les a épuisés tous les deux. Michel se tord de douleur. René-Jean s'est un peu réchauffé.

Il fouille dans son sac pour récupérer de quoi manger. Retrouver des forces et sortir de ce trou. S'extraire de cet enfer. Il trouve une conserve de « *singe* » et quelques biscuits. Il ouvre la boîte et prend dans ses doigts des morceaux de viande. Il en ingurgite deux et en coupe des plus petits pour Michel qu'il lui dépose dans la bouche. Michel rechigne, mais finit par accepter. Il mâche avec difficulté, mais il réussit à avaler la nourriture. Michel et René-Jean récupèrent un peu.

— D'où viens-tu ? demande Michel.

— Je suis de Saint-Louis… au Sénégal. Je suis pêcheur.

— Enchanté, René-Jean de Saint-Louis au Sénégal, moi je suis de Tours. Je suis instituteur. Précise Michel.

Il échange comme ça quelques mots. Anodins. Tels deux inconnus dans le wagon d'un train en partance et qui vont devoir voyager ensemble. Michel raconte qu'il a laissé sa classe précipitamment et qu'il songe souvent à ses élèves.

René-Jean parle de son pays. De « *sa* » mer et de son bateau. De la pêche et des embruns salés sur sa peau. Des feux sur la plage dans le couchant qui baigne l'horizon et le poisson qui grille. Il salive. Sur les étals du marché de Saint-Louis, on trouve toute sorte d'espèces. Il reste intarissable. Elles n'ont pas de secret pour lui. Il raconte la douceur de vivre de son pays. L'élégance de sa ville. La clémence du fleuve. La lumière et la chaleur du soleil qui réchauffent les cœurs et nourrissent les hommes. Il évoque sa famille. Sa femme et son enfant. Il est ému quand il parle de son départ pour la France et le sourire contraint de sa bien-aimée tenant leur fils dans ses bras. Il revoit ses yeux pleins de peur et de tristesse. Deux ans déjà. Il peste contre ses brodequins qui lui serrent les pieds. Il a toujours froid.

Michel raconte son métier d'instituteur. Il décrit sa classe. Sa voix est empreinte de nostalgie quand il évoque ses élèves. Il dépeint sa maison en pierres blanches et au toit d'ardoises. Elle surplombe la Loire. Ses yeux se teintent de malice au moment où il parle de sa passion pour le jardinage. Il désirerait dire à sa femme et à son enfant combien il pense à eux et combien il les aime. Il ne veut pas finir sa vie dans cet enfer.

La journée s'avance. Une brume monte sur le front et masque les horreurs de la nuit. Le calme est revenu. Juste le silence, le souffle de cet air glacial et quelques fumées. Le froid lui effleure le visage. Il faut qu'ils essaient de rentrer dans leurs lignes avant l'obscurité. René-Jean repose Michel délicatement contre le bord du trou. Il dessangle sa couverture qu'il met autour de Michel. Il décide d'escalader les parois pour s'orienter et voir au-dessus du cratère. De ce côté, grimper semble plus facile. Il passe la tête et regarde alentour. Tout est bouleversé. Il n'y a plus rien debout. Des troncs calcinés, des barbelés et des bois enchevêtrés. Des trous à perte de vue. Des cadavres partout. Et cette odeur de terre brûlée, de sang et de mort. Après l'assourdissant vacarme des combats vient l'effroyable et lancinante plainte du champ de bataille. Des cris de douleurs et des râles. Un champ d'agonies.

Il ne sait pas où se situe son camp. La peur et l'angoisse le saisissent à nouveau. La fraîcheur l'empoigne encore. Un froid comme le métal tombé du ciel. Il baisse la tête puis redescend vers son compagnon de souffrance.

— De quel côté faut-il aller ? Mais dans quel sens ?

Michel arrive à se relever un peu. Il a retrouvé un peu de couleur dans cette palette teintée de guerre.

— Aide-moi ! Aide-moi à chercher un objet dans mon sac ! Je ne peux pas !

René-Jean s'exécute et défait le paquetage de Michel.

— … Trouve un petit étui de cuir.

René-Jean glisse ses doigts dans la partie centrale et fouille le contenu. Il ne lui faut pas trop longtemps pour ressortir sa main avec ledit objet. Il repose la besace et tend la pochette à Michel.

— Ouvre-le !

René-Jean s'exécute et extrait du sachet un engin en métal doré qu'il n'avait jamais vu jusqu'ici. C'est une petite boîte ronde et peu épaisse en laiton. L'une des faces présente un verre transparent. Au fond, on distingue un dessin magnifique. À l'intérieur et au-dessus du motif, une aiguille bicolore s'agite et danse.

— C'est une boussole. Elle nous aidera à rentrer !

René-Jean en avait déjà vu au camp de transit lors de l'instruction. Mais pas aussi belle que celle-là.

— Il faut se hâter… René-Jean, tu placeras toujours la pointe rouge en face du nord et tu marcheras constamment vers l'opposé. Vers le sud ! Le sud…

Pendant que René-Jean remonte pour contrôler si la voie se dégage, Michel trouve la force de s'asseoir. Le mouvement réveille l'insupportable douleur de son bras. Malgré le froid, il transpire beaucoup. Il essaie de rassembler ces affaires. Impossible de récupérer son fusil dans ce trou. Il cherche avec sa main valide, mais en vain. La boue glisse entre ses doigts.

— C'est bon. On peut y aller. Affirme René-Jean en descendant près de lui.

Il charge ses sacs. Michel tente de l'imiter, mais il n'arrive pas à se mettre debout.

— Attends ! Je vais sortir de là et je vais te hisser.

René-Jean s'exécute. En haut, il s'allonge, essaie d'atteindre Michel. Il n'y parvient pas. Trop court. Dans un dernier effort, il lève son bras vers son sauveur. Celui-ci lui attrape le poignet puis la manche et tire de toutes ses forces. Il réussit à l'extraire du piège. Sa blessure recommence à saigner. Il n'arrive pas à se mettre sur ses jambes tout seul. René-Jean s'agenouille à côté de lui. Il passe sa main sous son épaule et se relève doucement. Il se tient presque debout avec son compagnon comme béquille. René-Jean jette un regard alentour. La brume s'est épaissie. Des gémissements se font entendre dans le lointain. Une main pour soutenir Michel, une autre agrippant le compas, voilà l'équipée prête à partir. Les premiers pas s'avèrent hésitants et difficiles sur ce terrain. Le fusil de René-Jean n'arrête pas de glisser de son épaule. Il est sans cesse obligé de les hausser pour réajuster l'arme. Ses bandes molletières sont détrempées et chargées de boue. Michel serre les dents, mais étouffe un cri à chaque mouvement. Les yeux rivés sur l'aiguille de la boussole, ils se fraient un chemin entre les obstacles et les cratères laissés par les obus. Ils progressent doucement. La terre fraîchement labourée devient meuble et à chaque enjambée ils s'enfoncent jusqu'aux genoux. Michel a du mal à se concentrer et à garder les paupières ouvertes. Au bout d'un temps incalculable, une éternité. René-Jean semble apercevoir un lieu familier. Il hésite.

Tout se ressemble ici. Des tranchées. Des trous d'obus. Des barbelés. Des chevaux de frise. Les arbres ont disparu depuis que la guerre s'est installée. La couverture végétale n'existe plus. Une campagne de désolation et de désespoir sur laquelle on s'entretue. Et là, deux hommes qui escomptent regagner leur camp. Les deux soldats ressemblent à deux vers de terre qui voudraient se cacher.

— Je crois qu'on y est !

Michel n'a pas la force de répondre. Observés aux jumelles depuis déjà plusieurs minutes, ils n'ont pas besoin de se faire connaître.

Deux brancardiers viennent à leur rencontre. Ils prennent Michel par les épaules et l'allongent sur la civière. René-Jean récupère quelques secondes. Délesté d'un coup du poids de son compagnon, il ne sent plus son cou, son dos et ses bras. Il a l'impression d'être écrasé par une force invisible. Il est tétanisé. On met une couverture sur le soldat. Ils se faufilent adroitement entre les rideaux de barbelés et regagnent la tranchée. René-Jean laisse les infirmiers s'occuper de Michel. Ils refont rapidement un pansement au blessé. Dans le fossé aménagé, un photographe, qui remontait vers l'arrière des lignes, immortalise la scène. Michel, allongé sur son brancard avec le bras et le torse sanglés d'une bande médicale. Les deux secouristes entourent Michel et René-Jean se tient derrière lui. Il a l'air ailleurs. Ses yeux demeurent inexpressifs. Le jour baisse sur le front. Le champ de bataille encore fumant résonnera bientôt des canonnades, des sifflements des balles et des explosions d'une nouvelle offensive.

« *Stella splendens in monte*

ut solis radium miraculis
serrato exaudi populum. […] »[1]
(Livre Merveille de Montserrat — Stella Splendens)

René-Jean est assis là, dans la tranchée. Adossé aux planches qui la bordent, la tête dans les genoux, il récupère. Il est épuisé. Ses mains sont recouvertes de boue et de sang séché et serrent l'étui de cuir dans lequel il a remis précieusement le compas. Avant de l'y glisser, il a pris le temps de la regarder. Il fait lentement descendre ses doigts sur le laiton. Au dos de la boussole, il aperçoit des mots gravés. « *Andrée pour Michel — 1910* ». Il voit également que Michel a maladroitement écrit une autre inscription. Il l'a marquée d'une seule main et avec une pointe de métal pendant qu'ils étaient dans le trou : « *RJ — 1917* ».

Michel a été conduit rapidement vers l'arrière des lignes. René-Jean se demande comment il va. Lui a encore froid. On lui tend une gamelle de soupe tiède qu'il avale machinalement et sans envie. Il sait que bientôt il va devoir y retourner. Grimper cette échelle de planches et monter à l'assaut. Son cœur se sert. Il voudrait enlacer sa femme et étreindre tendrement son enfant. Son pays lui manque. L'océan. La plage. Son bateau. Il a encore tant d'instants à vivre. Tant d'activités à accomplir. Il se répète sans cesse qu'il ne veut pas finir ici et qu'il ne compte pas mourir là.

---

[1] « Étoile resplendissante sur la montagne Sertie de miracles Telle un rayon du soleil Exauce les prières de ton peuple […] »

II — SAINT-LOUIS, AUTOMNE 2008

La fraîche nuit se dérobe, mais ce matin, dans les rues de la ville, il fait chaud. L'humidité de ce mois de septembre semble exceptionnelle. Mahdi s'est levé tôt. Il s'est habillé après un rapide brin de toilette à l'eau froide. Le petit déjeuner a été vite avalé. Ils ne doivent pas manquer les visites. Rokhaya se trouve déjà prête. Le reste de la maisonnée dort encore. Le dispensaire ne se situe pas si loin, mais il faut compter quand même une bonne heure de marche. Ils passent le portail qui clôt la cour. Rokhaya le referme dans un bruit de grincement.

Rokhaya a toujours vécu à Saint-Louis. Elle habite depuis plusieurs années dans un quartier périphérique de la vieille ville. Elle porte fièrement et avec allant quatre décennies. Le temps ne semble pas flétrir son beau visage. Elle cache sa chevelure noire ondulée avec des foulards colorés. Mahdi affectionne quand elle le prend dans ces bras pour le coller contre elle. Il aime sentir ce curieux mélange de savon, de parfum et d'épices.

Mahdi marche à côté de Rokhaya. Sa main bien calée dans celle de sa tante. Il sent sous ses doigts la douce et fine peau de la paume de Rokhaya il ne va pas à l'école ce matin. Il aurait pourtant préféré s'y rendre. Il n'aime pas les visites au dispensaire. La ville sort petit à petit de sa léthargie. Elle s'éveille doucement. Rokhaya avance vite et Mahdi a du mal à suivre. Elle resserre un peu l'étreinte de ses doigts sur la petite main du garçon.

Les commerçants ambulants roulent leur charrette. Les autobus se remplissent. La poussière de la route se soulève. Depuis qu'Amy, sa mère, se bat contre la maladie, Mahdi habite chez son oncle et sa tante. Il a l'impression de revivre le même cauchemar. Deux ans se sont écoulés depuis la disparition de son père. Il a déjà emprunté ce chemin, mais en tenant la main d'Amy. La grande route d'abord puis les ruelles. La traversée du marché. Les étals de fruits. L'odeur du poisson. Les poules dans leurs petites cages. Son papa est mort de la maladie « *sans nom* » comme dit Mahdi.

Il se souvient de son père terriblement amaigri sous la moustiquaire. Le visage creusé. Il toussait et crachait sans arrêt. Amy essayait de lui donner à boire. Mahdi revoit avec effroi les tâches sur sa figure, la peur et la souffrance dans son regard. Son agonie a duré des semaines. Jusqu'au jour où Amy est venu le réveiller un matin, les yeux rougis par les larmes, pour lui annoncer qu'il était parti dans la nuit. Elle demeura à son chevet jusqu'au bout. Mahdi avait fondu en pleurs dans les bras de sa mère. Ils étaient restés là, comme ça, pendant un long moment. Mahdi aurait aimé que ça ne finisse jamais.

Il gravit les marches du dispensaire précédé de Rokhaya. Il y a déjà beaucoup de monde à patienter pour des soins ou pour rendre visite à un proche. L'hôpital est encore fermé. Ils prennent leur place dans la file d'attente. Mahdi a mal aux jambes. Il aimerait s'asseoir. Il renonce quand il aperçoit le regard furieux de sa tante. Il reste debout, mais prend appui sur le bardage de bois du bâtiment. Au bout d'une dizaine de changements de position de Mahdi, les portes s'ouvrent enfin. Tout le monde entre dans le hall d'accueil. Rokhaya et Mahdi se dirigent directement vers le dortoir à la lettre « C ».

Une succession de lits blancs surmontés de moustiquaires. Une odeur forte de produits antiseptiques monte aux narines de Mahdi. Il ne supporte pas les toussotements, les râles et les pleurs. Le médecin s'avance vers Rokhaya et lui parle doucement et à voix basse. Il n'entend pas ce qu'il dit à sa tante. Il sent que ça n'augure rien de bon. À la réaction d'effroi de Rokhaya, Mahdi comprend vite que sa mère est morte. Hier encore ils s'étaient promis de se revoir et d'évoquer avec gourmandise les longues promenades sur la plage. Hier encore il l'étreignait tendrement. Il avait bien senti autour de lui ses bras d'une extrême maigreur. Quand il l'avait embrassée, il avait bien touché les os saillants de ses pommettes. Mais au moment où elle lui avait susurré des mots d'amour, il avait posé sa tête contre son sein et écouté le faible rythme de sa respiration.

Mahdi ne peut pas y croire. Il lâche la main de Rokhaya puis s'approche lentement vers le lit. Sa bouche s'assèche. Sa gorge brûle. Son cœur cogne fort dans sa poitrine. Sur ce lit à barreaux en métal, la moustiquaire est pliée. Sa mère est enveloppée dans un linceul blanc. Seule sa tête dépasse du linge. Elle semble endormie. Apaisée. Ses traits sont marqués. Son teint devient presque aussi livide que le drap. Mahdi serre ses poings. Il sent l'émotion le submerger. Il enrage. Il a envie de hurler. Il préfère fuir. Il se retourne. Il regarde Rokhaya puis le médecin. Il pleure puis il se met à courir. Il sort du dispensaire à toutes jambes. Il saute les marches d'entrée. Traverse le parterre, la rue et disparais. Rokhaya tente en vain de le rattraper.

— Il rentrera !

Au bout de quelques heures, il est réapparu. Il est fatigué et perdu. Ses yeux sont rougis. Rokhaya l'étreint longuement. Il a erré une bonne partie de la journée le long du fleuve et sur la plage.

Les semaines qui suivent se révèlent difficiles pour Mahdi. Les funérailles de sa mère. Il pleure beaucoup. Le rangement des affaires. Les discussions familiales interminables. La décision de l'envoyer chez son oncle maternel. Il va changer de quartier et d'école. Rokhaya doit partir quelques mois pour un long voyage. Il est quand même un peu rassuré de rester dans sa ville. Non loin du fleuve et de la mer. Mais inquiet et désemparé, il doit aller dans un endroit où il ne connaît personne. La préparation de ses affaires lui prend un temps infini. Il ne sait pas quoi mettre dans sa petite valise. Ou il ne veut pas.

Mahdi paraît inconsolable. Il reste allongé sur son lit. Il n'a plus envie de jouer dehors avec ses cousins et les voisins. Tout s'écroule autour de lui. Comment est-ce possible ? Pourquoi ça lui arrive à lui ? Est-ce que c'est de sa faute ? Il ne comprend pas. Tout le monde essaie de l'aider, mais rien n'y fait. Mahdi se tait. Il se mure dans le silence. Dans deux jours, il doit partir pour un autre endroit. Une « *bonne maison* » comme lance Rokhaya. Lui, ce qu'il voulait, s'est resté là, avec sa mère. À huit ans, il perd son père. Maintenant, c'est Amy qui est emportée par cette maladie incurable.

Un après-midi où il est seul. Il s'aventure dans la cour. Le vent soulève la poussière. Il s'ennuie. Il est assis sur les marches de béton. Il médite. Ailleurs. Au bout d'un moment, son regard se porte au fond de l'espace clos. Il y a là un abri fait de parpaings de bois et de tôle qui cache un bric-à-brac où l'on entasse les vieilles affaires de famille. Il a toujours voulu y aller. Comme il est seul, il se lève. Puis, d'un pas décidé, il se dirige vers le local. La porte délabrée et bancale, bloquée par un verrou à moitié dévissé, ne résiste pas longtemps.

Il entre dans le cabanon. Avec le soleil brûlant, il fait une chaleur suffocante. Mahdi rentre quand même. La poussière recouvre tout. Il y a de tout. Des tableaux abîmés, représentants des ancêtres. Des pneus. Des chaises de bois cassées. Des bidons. Des bâches plastiques. Un lavabo ébréché. Des cartons. Des cordages et de vieux filets de pêche. Des pots de peinture et des pinceaux usés et secs. La chaleur et la poussière lui piquent les yeux et la gorge. Il sent l'odeur âcre des produits nettoyants. Une émanation de renfermé. Mahdi est déçu.

— Rien d'intéressant là-dedans !

Il s'apprête à sortir du local quand son regard est attiré par une valise marron en carton épais abîmé bloquée entre deux caisses de bois. Elle porte des coins renforcés de métal rouillé. Elle est cerclée d'une ceinture de cuir craquelée. Il en saisit la poignée à deux mains et la tire vers lui. Elle ne bouge pas. Il insiste et se retrouve par terre, l'anse entre les doigts. Il se relève et pousse un peu les chaises. À genou, il pose ses mains de chaque côté du bagage et serre fort la vieille sangle. En exerçant un mouvement de ses bras vers lui, il la fait glisser dans sa direction. Avec cette chaleur, il transpire. Sa manœuvre a réussi et il peut l'installer devant lui. En haut à gauche il y a une étiquette jaunie aux coins décollés. L'écriture est presque effacée. Il arrive à déchiffrer le prénom, la ville et le pays : René-Jean, Saint-Louis, Sénégal. C'est un personnage qui lui rappelle quelque chose. Il a déjà entendu beaucoup de choses de cet ancêtre. Ses parents, ses oncles et tantes en parlaient quelques fois pendant les repas de fêtes. Il se souvient aussi de cette photographie encadrée et accrochée aux murs de la maison de son grand-père Sano. On y voit René-Jean dans sa tenue de tirailleur, fusil sur l'épaule et paquetage dans le dos, posant fièrement devant le « *Sequana* » sur le port de Saint-Louis.

Il compte sur ses doigts.

— Un ! Amadou, mon père. Deux ! Sano, mon grand-père. Trois ! Omar, mon arrière-grand-père. Quatre ! René-Jean, mon arrière-arrière-grand-père.

Il se rappelle parfaitement des anecdotes racontées par son entourage sur son aïeul. Il adore les récits. Il aime beaucoup cette histoire, car il n'a jamais connu cet ancêtre. Une figure de la maison. Mettre ses propres images sur les paroles familiales. Construire son roman intime et ajouter cette brique à sa mémoire personnelle. Il sent qu'il a besoin de nouer et de tisser les liens avec son clan. La mort de ses parents a cassé le fil de sa vie. Il est seul et il ne veut pas se perdre dans une lignée devenue muette.

Il pense aux récits de voyages. Aux destinations lointaines. Il ne sait pas pourquoi, mais Mahdi éprouve de l'affection pour cet homme. Il se voit au bord de la mer, marchant sur la plage. Les pieds, nus enfouis dans le sable. Tirant les filets et ramassant à la main les poissons pris au piège. Il sent sur ses joues l'air marin et le goût du sel sur ses lèvres. Il s'imagine debout sur la barque. Secoué par les vagues. Il se rappelle également les repas ou l'on évoquait sa guerre. Lointain combat. René-

Jean ne se livre jamais sur ce sujet. Ce qui donne à toute la famille l'occasion d'inventer sa propre version. Lui, il parle d'amnésie. Et puis, le temps passe et les générations aussi. L'histoire orale et vivante, tombée dans l'oubli, est inscrite dans les livres.

Il s'assoit à côté de la vieille valise. Curieux. Il desserre la boucle de la ceinture et la fait glisser dans le passant. Il débloque les deux fermoirs puis, comme pour ouvrir un coquillage, il soulève l'un des côtés. Sur des vêtements anciens bien pliés, des photographies entourées d'une fine ficelle, quelques papiers, des lettres et un coffret de cuir. Il se saisit du paquet de clichés. Des tirages noir et blanc presque effacés. Voilées et jaunies par le temps. D'une main, il défait le nœud et de l'autre il laisse doucement passer les images entre ses doigts. On y découvre, René-Jean, sa femme et leur fils. Ils prennent la pose devant la barque de pêche. Mahdi essaie d'identifier les personnages des différentes photographies. L'exercice semble difficile. Il s'avoue quand même heureux de déterrer des traces de son histoire. Un lien familial argentique. Il remet les images en place.

Cependant, un portrait attire son regard. Il s'en saisit. On y voit René-Jean en uniforme. Il le reconnaît, car il arborait une stature imposante et portait près de la lèvre une petite cicatrice. Devant lui, un soldat blessé est allongé et deux autres individus se tiennent de chaque côté. L'homme couché revêt également un costume militaire, mais avec un bandage sur le flanc droit. On dirait qu'il lui manque un bras. Les deux personnes posent dans un lieu étrange. Un trou bordé de planches. Au dos de la photographie, on peut lire : « *Chemin Des Dames — 1917 — Michel et moi* ». Il ne le connaît pas.

Il continue sa fouille. Il laisse de côté les papiers. Sur la face de l'un d'eux, de gros caractères typographiques. Signe de l'Administration. Sans doute pas intéressant. Il préfère prendre le petit coffret. Une modeste boîte carrée recouverte d'un cuir bleu usé et écaillé sur laquelle on arrive à deviner les deux lettres « *RF* ». Elle est bloquée par un crochet minuscule de fer doré. Il dégage le fermoir et ouvre l'écrin. Sur un coussinet drapé d'un tissu satiné, une médaille militaire. Mahdi passe doucement ses doigts sur l'objet. Un ruban jaune au milieu et vert de chaque côté. En dessous, deux parties métalliques. La première sombre. La seconde plus claire. Au centre, un cercle bleu et un visage gravé. Il referme délicatement l'écrin et le pose à côté de la valise.

Il glisse sa main sous les vêtements pliés vers le fond du bagage à la recherche d'autres choses. À la découverte de nouveau trésor. Il n'y a rien de plus sous ses doigts que des habits. Au moment où Mahdi va renoncer, il touche un morceau de linge dans lequel il semble y avoir un objet plus dur. Il sort une étoffe de couleur vive soigneusement rangée. Il pose le tout sur les vêtements. Avec précautions et délicatement, il prend chaque coin du tissu, les lève pour le déplier. Il découvre un petit sachet de cuir fermé avec un rabat. Il se saisit de la pochette et dégage la languette du passant. À l'intérieur, il y a une chose ronde en métal. Il met l'étui dans une main et le retourne pour en faire descendre son contenu. Dans l'autre, paume ouverte, il récupère l'objet. Une magnifique boussole. Il n'en a jamais vu d'aussi près. Il n'en a jamais tenu une. Il la porte au niveau de ses yeux pour l'observer plus en détail. Le contour serti d'un métal jaune et lisse. Un couvercle de verre au-dessus d'une figure géométrique en forme d'étoile. Quatre lettres à égale distance sur le pourtour du motif. Une fine aiguille en forme de losange repose au milieu. Elle semble flotter sur le dessin dans cette curieuse boîte. Il se souvient en avoir déjà vu, mais il n'a pas tellement bien compris à quoi ça pouvait servir. Il est fasciné. Il n'arrive pas à détacher ses yeux de cette aiguille noire et rouge qui s'agite. En soulevant le compas, il découvre une inscription grossièrement gravée : « *Andrée pour Michel — 1910* ». Plus bas, il déchiffre un texte maladroitement sculpté : « *RJ — 1917* ». Il relit plusieurs fois à voix haute sans en comprendre davantage le sens.

L'après-midi est bien avancé. Tout le monde va bientôt rentrer. Il range avec délicatesse la boussole dans son étui de cuir et la glisse dans sa poche. Il prend avec lui les quelques photographies puis remet les vêtements soigneusement. Il referme la valise et rattache la vieille ceinture. Il la repousse entre les deux chaises puis il monte dans la maison.

Il ouvre la malle avec ses affaires et y pose ses trésors. Il s'allonge sur son lit un peu plus apaisé. Son imagination bouillonne. Il s'endort rapidement.

III — PARIS, HIVER 2019

Cela fait maintenant un mois que Mahdi est enfermé ici. Il est fatigué. Il y a cinq années qu'il essaie de gagner la France. Il recherche son passé. Suivre les traces de René-Jean et comprendre pourquoi il est venu combattre en France. Il en a besoin.

Depuis que ses parents sont morts, c'est sa raison d'être. Mais là, il est découragé. Il est assis sur son lit. Il a mis la photographie, le mot écrit de la main de René-Jean et la pochette à côté de lui. Il la prend dans ses doigts, ouvre l'étui et sort la boussole. Il pose le sachet de cuir et place le compas dans le creux de sa main. Il ne se lasse pas de la regarder. La rose des vents dessinée au fond le fascine. Et il aime la danse de l'aiguille. Il adore passer son index sur la bordure en laiton.

Il pense à ses amis. Il se souvient de tous les voyageurs rencontrés. Demain, il sera peut-être renvoyé sans ménagement dans son pays. Il croyait pouvoir marcher simplement dans les pas de son ancêtre et tenir une juste promesse posthume. L'Administration en a décidé autrement. Il travaille depuis plusieurs mois. De petites tâches en emplois incertains, il gagne de quoi subsister décemment. Il se rend régulièrement au siège de l'association. Celle-ci apporte de l'aide aux visiteurs sans frontières. On l'épaule pour obtenir des papiers en règle. Il attend depuis longtemps que son dossier soit étudié par l'institution. Il espère tant une issue favorable. Son histoire a ému Alain, un bénévole retraité, qui l'a pris sous son aile.

Tout a basculé le jour où il s'apprêtait à partir du camp de fortune où il vivait. Ce jour-là, la préfecture, à grand renfort de policiers, était déterminée à vider les lieux. Il avait été embarqué sans ménagement avec d'autres voyageurs. Il n'avait même pas eu l'occasion de récupérer toutes ses affaires personnelles. Heureusement que son trésor ne le quittait jamais.

Découragé et épuisé, il a décidé de rentrer chez lui directement et par un chemin sans retour. Il est tellement déçu de ne pas avoir réussi à accomplir sa mission. Il pense à ses parents et à sa famille. Tout le monde est endormi dans le centre. Il est descendu furtivement du lit superposé qu'il occupe. Sur la pointe des pieds, il s'est dirigé vers les douches situées au fond du couloir. Il est un peu éclairé par la faible lumière blanche de la veilleuse de secours.

Il a ouvert très doucement la porte, car elle grince. Il l'a refermée tout aussi délicatement puis l'a bloquée avec une chaise. Le robinet d'un lavabo goutte. Le bruit intermittent de l'eau sur la faïence de l'évier résonne dans sa tête. La lueur des lampadaires extérieurs inonde la pièce d'une clarté chaude et bleutée. Mahdi a soigneusement évité de voir son visage dans les petites glaces, sales et rayées, fixées au mur.

Les carreaux blancs paraissent froids. Il s'est assis dans l'une des douches. Il a replié sur lui ses jambes et mis ses bras autour d'elles. Il reste un bon moment dans cette position. Le bruit de l'eau qui s'échappe du robinet devient assourdissant.

De longues minutes se sont écoulées puis il sort de sa poche un morceau de glace brisé et une boîte de cachets. Il a vu, furtivement, son reflet dans l'éclat de miroir. Il porte une mine affreuse. Le visage creusé et les yeux fatigués. Il se lève et s'approche d'un lavabo. Il ôte la capsule du tube de comprimé et avale tout son contenu. Il ouvre le robinet pour gober quelques gorgées d'eau. Il le referme puis il s'assit par terre. Il allonge ses jambes. D'une main ferme, il empoigne le bout de glace coupant. Il étend le bras opposé puis d'un coup sûr et puissant entaille ses veines à la base du poignet. Avec la même fermeté, il reproduit le geste de l'autre main. Il sent le liquide chaud sortir de son corps, couler entre ses doigts et se répandre sur l'émail blanc du fond de la douche. Il repose sa tête sur la paroi froide et ferme les yeux. Ses forces l'abandonnent. Il voudrait crier de douleur, mais aucun son ne jaillit de sa bouche.

Du robinet, ce sont maintenant des gouttes de sang qui s'échappent. Il survole un champ de bataille. Dans sa main, la boussole. Il suit la direction de l'aiguille. La rose des vents se teinte de rouge. Au sol, le liquide écarlate coule en flot incessant. Les soldats s'agitent pour s'évader de l'enfer, mais ils ne peuvent pas. Enlisés qu'ils sont dans la boue et le sang.

Plus loin, il voit René-Jean qui porte sur son dos un autre homme. Il essaie d'avancer, mais il n'arrive pas à sortir ses pieds de ce terrain bourbeux. Son visage est maculé de terre rouge. Mahdi se dirige vers lui et tend sa main pour l'arracher, lui et son compagnon, de ce piège. Il n'y parvient pas. Il se voit pourtant si proche. Il lâche la boussole et lance désespérément ses deux bras vers René-Jean. Il ne peut pas l'atteindre. René-Jean et Michel s'enfoncent dans le sol et disparaissent. Un bruit sourd et une explosion de mille feux frappent violemment Mahdi.

Mahdi essaie de se réveiller. Il est complètement embrumé. Où se trouve-t-il ? Est-il vivant ou mort ? Tout paraît flou. Les paupières mi-closes, il aperçoit une lumière pâle. Son crâne le fait atrocement souffrir. Des marteaux lui cognent les tympans sans s'arrêter. Il n'a plus aucune notion du temps. Il referme les yeux puis il les rouvre doucement. Il fait sombre, mais une petite lampe luit au-dessus de lui. Les maux de tête se sont à peine estompés. Il se redresse un peu pour observer son environnement.

Ses poignets portent des bandages. L'un des deux est même attaché au barreau du lit avec des menottes. Comme un dangereux criminel. Un tuyau relie l'un de ses bras à une poche suspendue. La dernière fois qu'il avait vu ces appareils, c'était au dispensaire de Saint-Louis sur sa mère. Il s'assoit complètement. Il se trouve dans une chambre d'hôpital.

Par les fenêtres, il aperçoit les lumières de la ville qui éclairent ce coin de nuit. Une enseigne aux néons rouge et jaune projette des ombres dans la pièce. Toujours vivant, il pleure. Ses poignets lui font mal. Il a très soif. Il a un tube dans la gorge et la bouche. Il n'arrive pas à déglutir.

Avec sa main libre, il agrippe le cordon de la sonnette et le fait glisser jusqu'au bouton. Il appuie dessus. Il sent aussi au niveau de son bas ventre un tuyau relié à une poche. Quelques minutes plus tard, une infirmière entre dans la chambre. Il aperçoit par l'entrebâillement un gardien en tenue assis sur une chaise juste à côté de la porte. Elle met un peu plus de lumière et dégage l'œsophage de Mahdi. Elle lui retire également la sonde urinaire. Elle lui tend un verre avec une paille. Il aspire un peu d'eau. Le liquide lui brûle la gorge.

L'infirmière lui explique qu'il est resté dans le coma pendant presque deux semaines. C'est un gardien qui l'a découvert dans les douches du centre et qui a donné l'alerte. Il est arrivé à l'hôpital presque mort.

— Ma boussole ?

La soignante est surprise et un peu décontenancée. Elle met ça sur le dos des calmants et du réveil de Mahdi. Elle réajuste les draps et lui indique qu'il faut qu'il se repose jusqu'au lendemain. Elle lui donne un médicament. Il l'avale et aspire une nouvelle gorgée d'eau.

Elle éteint la lumière et referme la porte. Mahdi se retrouve seul. Il est fatigué. Il se tourne vers la fenêtre pour regarder les lueurs de la ville. Il s'en veut énormément d'avoir raté son départ. Il pleut. Les gouttes glissent sur les vitres de la chambre et scintillent dans le halo orangé des lampadaires de la rue. Mahdi tombe dans la mélancolie et l'amertume. Il pense à cette longue route depuis Saint-Louis.

IV — SAINT-LOUIS, ETE 2015

Après, quelques années auprès de sa tante Rokhaya à la suite du décès d'Amy, il était allé chez un de ses oncles du côté de sa mère. Il ne le connaissait pas beaucoup. Il logeait toujours à Saint-Louis. Dans un vieux quartier. Il ne s'y rendait jamais avec ses parents.

La maison supportait un balcon en fer forgé qui courait tout le long et les fenêtres étaient habillées de volets de bois. Le haut était arrondi. Le toit recouvrait également la loggia. Il partageait une chambre avec deux de ses cousins. Au début, il ne parlait pas beaucoup. Il allait dans une nouvelle école et ne connaissait presque personne. Il y avait bien la famille, mais les deux garçons plus âgés que lui fréquentaient une autre classe.

Il suivait attentivement les enseignements. Il n'aimait pas beaucoup les mathématiques auxquelles il préférait l'histoire et la géographie. Dès qu'il le pouvait, il se plongeait dans des livres anciens avec des cartes et des images de paysages. Il adorait aussi se perdre en regardant les vieux planisphères qui étaient accrochés dans la salle de cour. Mahdi était considéré comme un bon élève. Ses cousins se moquaient parfois de lui et le chahutaient un peu, mais ils ne pensaient pas à mal. Mahdi ne leur en tenait pas rigueur. Il restait solitaire.

Souvent, il flânait sur la « *langue de Barbarie* » ou le long du fleuve. Il aimait regarder le pont de fer qui l'enjambe. Il trouvait cette construction de métal remarquable. Pour gagner un peu de sous, il s'acquittait de petites courses ou se transformait en vendeur de rue. Au bout de quelques années, il avait réussi à mettre un peu d'argent de côté.

C'est à cette époque qu'il a décidé de voyager dès qu'il le pourrait vers l'Europe et la France. Il gardait ça pour lui. Personne ne saurait. Les livres lui avaient appris beaucoup. Il adorait s'instruire par lui-même. Notamment sur l'histoire de ces hommes du pays partis loin de chez eux pour aller guerroyer. Il repensait à cette photographie de son ancêtre René-Jean, à la médaille et à la boussole dans son étui de cuir.

Mahdi à quinze ans quand il décide de tenter l'aventure et de quitter Saint-Louis pour la France. Il a préparé son voyage consciencieusement. Un jour, il en avait quand même discuté avec son oncle. Celui-ci avait bien entrepris de le dissuader.

— Que vas-tu chercher là-bas ? Que vas-tu trouver ? Beaucoup sont revenus, sans rien !

Il lui avait parlé des dangers du périple et de son issue incertaine. Mais rien n'y avait fait, le choix de Mahdi paraissait définitif.

Avant de partir, il est passé au cimetière où sont enterrés ses parents. Il faut traverser tout Saint-Louis pour y arriver. Le lieu est situé au nord de la ville et à proximité du fleuve Sénégal. Il reste un long moment devant les deux tombes. Il ne discourt pas vraiment à haute voix, mais il leur raconte son projet de voyage et son but. Ses yeux s'illuminent. Il retrouve vite son regard dur quand il leur parle de sa difficulté de grandir et de vivre sans eux. Les larmes lui viennent au moment où il évoque le vide et l'injustice qu'il ressent.

Un murmure sort spontanément de sa bouche.

— Vous me manquez tellement !

Il aimerait tant serrer dans ses bras sa mère et son père. Il renifle et essuie ses yeux. Il quitte le lieu de mémoire le cœur gros. Pour se recueillir sur la sépulture de son aïeul René-Jean, il faut se rendre à celui des pêcheurs. Il marche doucement. Il est perdu dans ses pensées et dans le souvenir de ses parents partis bien trop tôt.

Dans le cimetière marin, il ne reste presque plus rien de la tombe de son ancêtre. Un champ de sable, de briques et de bois d'où émergent parfois des stèles blanches. Mahdi sait que René-Jean le soutient dans son projet de voyage. Il s'imprègne du lieu puis il se dirige vers la mer.

Il est parti un soir avec peu d'affaires. Juste le nécessaire. Un vieux sac déniché et marchandé au marché. Quelques vêtements, un peu de nourriture et une bouteille d'eau. La boussole et la photographie de René-Jean.

Du port, avec l'aide de connaissances de son oncle, il avait embarqué clandestinement dans un navire de pêche en partance pour les îles Canaries. Le voyage avait duré plusieurs jours avec autant de tempêtes effroyables. Mahdi, malade, se cachait dans une cale. Dans cette étroite prison où s'entassaient des dizaines de passagers illégaux, les conditions s'avéraient tout aussi terrifiantes que celles de la mer.

Il régnait une chaleur suffocante. Il n'y avait pas d'espace. Il n'y avait pas d'hygiène. Une grande promiscuité. Pas de toilettes. Aucun point d'eau. Une odeur nauséabonde d'excréments et de vomissures. Mahdi avait continuellement des haut-le-cœur. À chaque embardée du navire, Mahdi et ses compagnons se retrouvaient bloqués les uns contre les autres contre les parois de fer. L'humidité suintait de toute part.

Des cris et des pleurs étouffés pour ne pas alerter les matelots. Seuls quelques-uns d'entre eux participaient au trafic. Tous les candidats au passage étaient accrochés à leur maigre bagage. L'air devenait irrespirable. Il y avait une lampe marine comme unique lumière. Elle dégageait une faible lueur jaunâtre.

Mahdi prenait garde à ne pas boire beaucoup. Il limitait sa consommation. Il s'autorisait une petite gorgée de temps en temps. Il se rationnait également sur la modeste quantité de nourriture qu'il avait dans son sac. De toute façon, il ne pouvait presque rien avaler. Mahdi doutait de son choix et pensait aux conseils de son oncle. Il essayait de dormir. À chaque craquement du navire, il sursautait.

Quand le bâtiment se cabrait et retombait violemment, Mahdi, chaque fois, se cognait durement la tête sur un longeron d'acier aux rivets rouillés. De temps en temps, Mahdi sentait qu'il y avait une accalmie. Mais comment prier dans ces conditions ?

Après sept jours de mer et de tempête, le bateau est arrivé à l'île de Tenerife. C'est à la nuit tombée que les passeurs délivrent les voyageurs de leur prison. Mahdi est fatigué. Sur une jetée un peu en retrait du port, le vaisseau accoste discrètement. Les marins-passeurs abandonnent sur les quais et sans ménagement leur marchandise. Mahdi est perdu et un brin sonné. Mais il peut respirer de l'air frais.

Il suit machinalement les autres clandestins. Il a donné toutes ses économies pour cette traversée. Après une nuit dehors, il erre dans cette ville inconnue. Avec un petit groupe de voyageurs, il essaie d'échapper aux autorités, mais il ne faut pas longtemps pour que la police l'attrape et le conduise dans un centre d'accueil. Il ne comprend pas la langue, mais là, on parle un peu français. Il se présente d'abord devant un médecin puis une personne de l'établissement lui fait passer un entretien. On lui fournit de quoi se laver et se restaurer. Il peut enfin prendre une douche chaude. Il mange à peine. Il retrouve la plupart des occupants irréguliers du navire.

D'après ce qu'il saisit, il y a deux possibilités sur l'issue de son périple, mais sans un passeport il n'ira pas loin. Comme mineur, ce sera soit un retour vers le Sénégal soit un transfert vers la « *grande terre* » d'Espagne. Dans ce centre, il espère une décision positive durant près de trois mois. Il a tout essayé pour expliquer les raisons de son voyage. Sa quête. Mais rien n'y fait. Il apprend un peu l'espagnol en attendant de savoir ce qui adviendra de lui. La vie au sein de l'institution s'avère difficile. Le nombre de places est limité, mais, chaque jour, de nouveaux aventuriers arrivent. Il partage une chambre avec six autres hommes. Sans un téléphone portable, il ne peut pas donner des nouvelles à sa famille. Il faut sans arrêt veiller à ses arrières et faire attention à ses affaires. Il garde toujours la boussole sur lui comme on protège un bijou précieux.

Mahdi est de retour chez lui à Saint-Louis. Il est arrivé à Dakar quelques jours plus tôt. C'était son premier trajet en avion. Il s'avoue à lui-même avoir eu une peur bleue. Depuis la grande ville, il a voyagé en bus. Pour payer son billet, il a trouvé un petit travail de manutention sur un marché. Il dormait où il pouvait. Un mois plus tard, il retrouve sa famille. Son oncle lui avait bien dit. Il est déçu et il s'en veut d'avoir échoué. Il ne comprend pas pourquoi c'est si difficile de circuler. Pourquoi faut-il se cacher quand on une mène une quête ? Pourquoi se dissimuler quand on suit les traces de son histoire ?

Ce premier voyage l'a marqué. Il raconte son expédition à sa famille. Ses cousins se moquent un peu de lui, mais ils l'admirent en secret. Il arrive à prononcer quelques mots en espagnol, ce qui fait rire autour de lui. Il retrouve Rokhaya. Ils parlent longuement. Mahdi va se recueillir sur la tombe de ses parents, elle l'accompagne. Il ne retournera pas à l'école.

Malgré les difficultés économiques, il trouve plusieurs petits métiers. Il ne rechigne pas à la tâche. Il travaille beaucoup et gagne peu.

Il marche longtemps le long du fleuve ou sur la plage. Il flâne sur les marchés pour dénicher des livres d'histoire. Il se passionne pour le passé de son pays et pour ses liens avec la France. Il reste solitaire. Il va à la mosquée. Il écoute attentivement les sermons du vendredi.

Dans la rue et sur les places publiques, il a entendu un tas de récits et de légendes sur les possibilités de se rendre vers l'Europe. Il ne veut pas essayer la piste mauritanienne. Au centre des voyageurs de Tenerife, un autre visiteur lui avait parlé de cette route dangereuse et peu sûre. « *Dont beaucoup ne sont jamais revenus* ». Lui avait-on dit ?

Ils partent en Mauritanie en bateau puis ils prennent le train minéralier vers Zouerate. À partir de là, il y a des passeurs qui les font traverser le Sahara. Des voyous sans scrupules récupèrent l'argent et abandonnent les malheureux en plein désert. Mahdi est effrayé. Il a aussi entendu parler de la route terrestre des voyageurs qui transite par le Mali, l'Algérie et la Libye.

Pendant des mois, il songe et prépare sa nouvelle expédition. Il s'affaire avec minutie et précision. Il essaie de penser à tout. À l'aube de ses dix-huit ans, il se considère comme prêt. Il passe dire au revoir à Rokhaya. Elle tente une énième fois de le dissuader de partir. Ils se prennent dans les bras. Rokhaya en profite pour lui donner, le plus discrètement possible, une petite pochette en tissu contenant un peu d'argent. Les adieux à son oncle et ses enfants sont plus réservés.

V — BAMAKO, PRINTEMPS 2018

Ce matin-là, il a pris le bus vers l'est. En direction du Mali. La première étape de son voyage consiste à rejoindre la ville de Gao. Il doit traverser tout le Mali.

Dans le véhicule, il énumère mentalement le contenu de son sac afin de vérifier s'il a oublié quelque affaire. Il est rassuré, mais il part le cœur serré et la peur au ventre. Il appuie sa tête sur la vitre et regarde défiler les paysages. Le bus bondé et ancien grince de tout côté. Il est arrivé tôt pour éviter les strapontins. Il passe discrètement la frontière après Kidira.

Mahdi négocie avec un taxi sa place pour la ville voisine de Kayes. De là, il prendra un autre transport pour la grande ville de Bamako. Mais Mahdi doit attendre le lendemain. Il se trouve un abri de fortune sur la rive du fleuve Sénégal et à proximité de la gare routière. Il ne dort pas beaucoup. Toujours sur ses gardes. Il s'alimente un peu. Il fait particulièrement chaud.

Tôt le matin, il se rafraîchit rapidement et rejoint le lieu du départ. Le car ne tarde pas à se remplir. Il s'assoit à un siège au milieu. Dans le véhicule, il fait déjà une chaleur écrasante. Après quelques soucis mécaniques, le bus se met en route vers la capitale avec une heure de retard. Mahdi y arrive à une heure avancée dans la soirée. Après deux pannes du moteur et un changement de roue.

Sur place, il rencontre un jeune motocycliste avec lequel il négocie sa course jusqu'à son lieu d'hébergement. Avec beaucoup de peine et de multiples erreurs de parcours, ils parviennent à repérer l'adresse. C'est un ami de son oncle qui le loge pour la nuit. Mahdi trouve là de quoi se laver et se restaurer. Il ne tarde pas à s'endormir.

Mahdi reste à Bamako quelques semaines. Il reçoit un accueil formidable. Tout le monde prend soin de lui. Il flâne dans la ville. On discute beaucoup de son aventure vers l'Europe. Pour les uns une perte de temps et pour les autres un rêve inaccessible. Tous le dissuadent d'aller vers Gao. Un territoire à éviter. Une zone dangereuse.

Un voyage extrêmement long. Il passera par les villes de Bla, San, Mopti et Kona. Mahdi ne dit rien, mais il a peur du désert. Plus de mille kilomètres dans un pays qu'il ne connaît pas et sans autorisations. Il faudra compter plusieurs jours pour y arriver. Il ne porte sur lui que sa carte d'identité sénégalaise. Mahdi n'est pas découragé. Il prépare son sac et prend de quoi se nourrir et boire. Un matin, confiant, Mahdi parcourt les quelques kilomètres vers la gare routière. Il achète un billet et monte dans le bus en partance pour la ville de Mopti.

Il redoute par-dessus tout les contrôles inopinés des autorités et les groupes armés qui sévissent plus au nord. Il essaie de s'effacer parmi les occupants. Resté invisible. Il a réussi à trouver une place près de la porte arrière. Au cas où, il pourrait s'échapper rapidement. Le bus bondé n'avance pas à vive allure. Il emprunte une route carrossable malgré quelques passages délicats qu'il faut négocier à vitesse réduite. Le trajet suit peu ou prou le fleuve Niger.

Le véhicule se montre particulièrement inconfortable, mais bercé par le mouvement et le bruit il somnole. Il fait excessivement chaud. Quelques pauses bienvenues permettent de se dégourdir les jambes, de prendre l'air et de se soulager. Il essaie aussi de manger et de boire. C'est en fin d'après-midi qu'il parvient à Sévaré, non loin de Mopti.

Il préfère descendre ici et éviter la grande ville. Pas de contrôle cette fois. Il se sent à la fois apaisé et inquiet de se retrouver seul dans une cité inconnue. Il se met en quête d'un abri. Demain, il faudra trouver un moyen de gagner la ville de Gao.

À la recherche d'un endroit calme et isolé pour passer la nuit, Mahdi aperçoit un groupe de voyageurs. De loin, il reconnaît tout de suite qu'il s'agit de candidats à la traversée vers l'Europe. Comme lui. Ils discutent un peu. Parmi eux, il y en a qui ont déjà tenté l'aventure. Ils devront circuler de camion en voiture et de pick-up en fourgon en évitant les nombreux contrôles dans la région.

Mahdi sympathise assez vite avec Alioune, un jeune Sénégalais comme lui. Lui, originaire de Dakar, veut rejoindre sa famille à Paris. Ils ont le même âge. Mahdi trouve Alioune chétif. Alioune lui avouera plus tard qu'enfant, il contractait toute sorte de maladie. Cela rendait sa santé fragile. Il paraît petit. Il passe sans arrêt sa main dans ses cheveux épais et crépus.

En retrait de la route, ils établissent un campement de fortune. Ousmane, un Malien plus âgé qu'eux, a négocié un premier transport avec un chauffeur des environs. Mahdi garde un peu de méfiance, mais Alioune le rassure. Ils ont déjà parcouru des centaines de kilomètres avec lui.

Mahdi paie sa place. Ils partiront demain matin au point du jour. Mahdi regarde Ousmane. C'est un gaillard rassurant qui inspire confiance. Il a une voix forte, affirmée et des yeux rieurs. Sur l'une de ses oreilles s'accroche un anneau doré.

Cachés à l'arrière d'un vieux camion, ils progressent vers le nord. Ils passent un premier contrôle sans problème. Allongé sous des bâches, personne ne les voit. Il fait une chaleur insoutenable, mais les cinq retiennent leur souffle. Une fois le barrage traversé, c'est un soulagement pour tout le monde. Ils peuvent boire un peu d'eau et se relâcher un peu. Le voyage se poursuit sans encombre jusqu'à proximité de la ville de Douentza.

Le chauffeur donne l'alerte ! En bordure de la chaussée, il voit des véhicules de miliciens. Le conducteur ralentit franchement l'allure.

— Il faut sauter !

Ousmane et un de ses compères s'élancent en premier et se faufilent rapidement en contrebas de la route pour se cacher. Alioune et Mahdi hésitent. Ils n'ont pas le choix. Prenant leur courage à bras le corps, ils enjambent la ridelle et se jettent avant que les hommes en armes ne les repèrent.

Mahdi réussit un roulé-boulé et glisse en bas de la chaussée. Il est suivi de près par Alioune. Personne n'est blessé. Alioune s'est juste un peu égratigné un genou en sautant. Ils sont tous couverts de poussière. Le camion poursuit son chemin et s'arrête au contrôle.

Le groupe se cache et attend le départ des hommes armés. Les voyageurs se retrouvent par terre. Ils pestent d'avoir payé autant pour si peu de kilomètres parcourus. La voie se libère au bout de quelques heures.

Ils reprennent la route à la recherche d'un moyen de transport. La ville de Gao se trouve encore loin. À l'entrée de la ville, l'équipe négocie un bout de trajet dans un vieux pick-up. Contraint de verser une belle somme d'argent. Ils n'ont pas trop le choix. Les voilà tous repartis. La voiture dégage une fumée noire et blanche.

Assis à l'arrière, Alioune et Mahdi respirent l'odeur du gasoil. Ballottés dans tous les sens, à cause de la route chaotique, ils s'accrochent aux arceaux qui surmontent la plateforme. Avec le bruit du véhicule et celui du vent, ils n'arrivent même pas à s'entendre. Parler est impossible.

Aux environs du village de Hombori, le jour baisse. Ils descendent du véhicule et décident de dénicher un coin ou se cacher pour se reposer et dormir. Ils trouvent une masure délabrée en dehors du village. Derrière ses vieux murs, ils s'abritent des regards. La ruine est celle d'une ancienne maison construite en briques de sable.

La frayeur du contrôle et le saut du camion ont fatigué Alioune et Mahdi. Ils se restaurent et boivent un peu. Mahdi sent qu'on approche du grand désert. Son cœur se sert et bat fort dans sa poitrine. Alioune tente de le rassurer en lui racontant un voyage effectué avec son père dans celui de Mauritanie. La nuit s'étire calme, mais inquiétante. Ils ne dorment pas profondément et sursautent à chaque bruit. Ils ont froid.

Au petit matin, ils partent à la recherche d'un nouveau moyen de transport. Par chance, ils retrouvent le camion qui les avait pris en charge la veille. Le chauffeur accepte de les emmener jusqu'à Gao, mais contre paiement. Ils essaient de négocier, mais rien n'y fait. Ils n'ont pas d'autre choix que de donner plus d'argent pour un trajet qu'ils ont déjà déboursé. Mahdi enrage. Il possède un peu d'économies, mais le voyage demeure encore long. Ils se retrouvent au fond du camion prêt à se glisser sous la bâche. Le parcours semble interminable et la route instable, mais ils parviennent aux faubourgs de la ville en début d'après-midi.

Alioune et Mahdi arrivent dans un autre monde. Un univers hostile fait de sable, de chaleur, d'argent et de trafics. Tous les voyageurs savent qu'il faut repérer le cimetière pour trouver des passeurs. Drôle d'endroit pour les aventuriers. Une réalité brutale et cruelle. Le lieu de rendez-vous des candidats au départ et des contrebandiers. Mahdi a peur. Dans le camion, il se sentait davantage protégé. Là, il est seul. Un désert de sable et, plus loin encore, une étendue d'eau salée le séparent de sa quête. Les portes de l'inconnu.

VI — GAO, PRINTEMPS 2018

Mahdi et Alioune se préparent à la traversée du Sahara sur les conseils d'Ousmane. C'est lui qui sait comment entrer en contact avec le passeur. Il faut s'apprêter à deux jours de voyage dans le désert et se charger au minimum. Prévoir de l'eau et de la nourriture. Anticiper de quoi se protéger de la chaleur.

Mahdi s'assèche la gorge en y pensant. Il s'interroge sur les quantités de ravitaillement. Il se pose beaucoup de questions et n'arrive pas à se mettre en tête les bonnes réponses. Alioune tente de le rassurer. Mais il feint lui aussi. C'est la peur au ventre qu'ils rassemblent leurs affaires.

La première étape consiste à atteindre le village de Kidal. Un peu moins de mille kilomètres en plein désert. De petits rois mafieux se sont enrichis ici. L'Homme vendu telle une marchandise comme une autre. Alioune et Mahdi devront encore attendre, car ils ne pourront s'en aller que si un groupe d'une vingtaine de candidats est constitué. Ils doivent payer d'avance. Le départ est prévu pour le lendemain. Ils voyageront dans un second camion.

D'après Ousmane, leur chauffeur est un ancien nomade qui connaît parfaitement l'erg et ses nombreux pièges. Mahdi passe le reste de la journée à apprêter ses affaires et à bavarder avec son ami Alioune. Ils discutent de leurs rêves. Ils ne parlent pas beaucoup du chemin de demain. Mahdi vérifie les vêtements qu'il avait préparés avant de partir de Saint-Louis.

Il avait soigneusement cousu dans des chemises des poches dans lesquelles il avait mis de l'argent. Sur l'une d'elles, il avait conçu une cachette intérieure pour y glisser la boussole et la photographie de René-Jean.

Le groupe se constitue petit à petit. Beaucoup d'hommes, quelques femmes et deux enfants. Ces groupes de voyageurs sont devenus un spectacle courant pour les habitants de Gao. Seuls les petits sont intrigués et se demandent pourquoi ces personnes souhaitent traverser le désert. Le commerce ne profite qu'à quelques élus. Gares à ceux qui essaient de s'immiscer dans cette activité. La tension monte et des disputes éclatent parmi les aventuriers quand il faut puiser de l'eau pour remplir les bouteilles plastiques.

Alioune et Mahdi restent à l'écart, mais proche d'Ousmane. La nuit qui vient calme un peu le groupe sur le départ. Mahdi et Alioune allongés par terre sur le dos, la tête sur leur sac, fixent les étoiles et bavardent sereinement. Ils ne trouvent pas le sommeil. Alioune a entendu beaucoup d'histoires sordides sur ce passage. Sur les gens qui disparaissent. Mahdi voudrait le rassurer, mais il n'a pas les mots. Il est aussi envahi par la peur.

Silencieusement, il pense à ses parents. Il aimerait tant partir sur la mer avec son père. Profiter d'une belle journée de pêche. Remonter avec lui le filet et en extraire les poissons. Manger sur la plage. Il adorerait se serrer contre sa mère, sentir sa respiration et sa poitrine se soulever quand elle lui chantait, petit, des berceuses d'une voix calme et douce :

« *Ayoo sama sopé*
Ayoo sama sopé
Ayoo sama domd
Ayoo néné

Nawo naw nawo naw nawo naw
dém séti mam
Nawo naw nawo naw nawo naw
dém séti mam »[2]
(Sama sopé - Souleymane Mbodj)

Le lendemain, ils patientent tous devant le camion et écoutent les directives du chauffeur. Un homme grand et sec au ton rude et sévère. Il explique rapidement les conditions de voyage. Peu de conseils en réalité. On ne parle pas à de la marchandise. Il confisque les puces électroniques des téléphones portables. Tous les passagers s'exécutent. Ils grimpent tous dans le véhicule.

Celui-ci paraît assez petit, mais, en se serrant, ils trouvent tous une place. La bâche est descendue. Alioune et Mahdi s'installent non loin de la ridelle arrière. Ils voient le paysage à travers les nombreux trous et déchirures de la toile. Ils pénètrent dans le monde du désert. Ils roulent d'abord sur une route relativement belle, mais très vite ils la quittent pour une piste poussiéreuse. Les grains de sable volent partout et entrent même dans le plateau.

Malgré la chaleur, Mahdi se couvre la bouche et le nez. La progression devient lente. Dans le camion, il y a des relents de gasoil et de gaz d'échappement. Au début, ils avaient leur place, mais les mouvements saccadés montrent rapidement aux passagers l'étroitesse et l'inconfort du véhicule. Sous la bâche règne une température écrasante. Mahdi résiste pour économiser son eau, mais il sue à grosses gouttes.

Pour ne pas prendre de risque, le chauffeur n'autorise pas les pauses. Il faut arriver à l'étape le plus vite possible en évitant de croiser les milices et les groupes de voleurs qui ratissent la région. Ils n'hésitent pas à détrousser les aventuriers. Sans scrupules, ils pillent le peu de bien

---

[2] « Ayoo mon cœur Ayoo mon cœur Ayoo mon enfant Ayoo mon bébé Volons comme des oiseaux pour rendre visite à tes grands-parents Volons comme des oiseaux pour rendre visite à tes grands-parents »

qui subsiste aux voyageurs. Cette violence s'accompagne bien souvent de viols et de coups. Les pires d'entre eux les abandonnent ici. Ils sont seuls au milieu du désert sans eau ni nourriture et sous un soleil brûlant. Ils y trouveront la mort.

Pour Alioune, Ousmane, Mahdi et les autres passagers, la première étape reste un soulagement. Une pause de quelques heures. Le sable entre partout. Le camion chauffe. Ils en descendent. Mahdi s'étire et s'autorise quelques gorgées pour se désaltérer. Il est très rapidement imité par Alioune. Personne ne s'éloigne. Tout le monde a peur. Ils s'agglutinent. La proximité du désert. Le véhicule deviendra leur unique bouée de sauvetage dans ce désert. Personne ne le quitte des yeux.

Ils reprennent vite la piste. La bâche claque sur les montants. Il progresse lentement. On entend de temps à autre le conducteur qui pousse des cris et qui tape sur le volant quand son engin n'avance presque plus dans les parties pentues.

La nuit venue, le chauffeur stoppe le camion et indique le lieu du bivouac improvisé. Quelques heures de repos tout au plus. Mahdi à un peu froid. Il s'alimente et boit un peu d'eau. Il fait clair et le ciel s'allume. Tout devient silence. L'équipée fantôme apparaît comme la seule source de vie à la ronde.

Alioune et Ousmane essaient de repérer les étoiles. Dans la cabine, le chauffeur semble endormi. Son homme de main veille en inspectant le camion avec une lampe torche. À peine reposé, il faut déjà repartir.

Chaque voyageur reprend instinctivement sa place. À travers les ouvertures de la toile, Mahdi suit le lever du soleil. Il n'avait jamais vu un tel spectacle. Les premiers rayons glissent et se déploient sur les dunes. Un jeu d'ombre et de lumière qui enchante le cœur de Mahdi.

Dans un nuage de poussière et de sable, le véhicule avance péniblement. Dans les parties molles, des gerbes sont projetées vers l'arrière. Les passagers en récoltent aussi.

Après la descente d'une butte, le camion roule sur une surface dure et cailouteuse. Le conducteur accélère. Il gagne de la vitesse afin de franchir une nouvelle dune. Mais, avant d'atteindre le sommet, un bruit sourd venu du moteur se fait entendre. Il s'arrête net en pleine montée. Les passagers tressaillent.

Le chauffeur pousse un long hurlement. Il ouvre la porte et la referme avec colère dans un violent claquement. Tous les voyageurs se regardent avec stupeur et effroi. Après un moment, une fumée blanche s'échappe du capot.

Le conducteur fait descendre tout le monde. Il explique que le camion est en panne et qu'il faut poursuivre à pied. Il ne dit pas combien de kilomètres ils devront couvrir. Il déclare juste qu'ils doivent le suivre de près et ne pas traîner. Ils ont intérêt à demeurer groupés. Il n'attendra pas les retardataires. Pour lui, une tempête de sable pourrait bien arriver.

Dans la troupe de voyageurs, c'est un peu la panique. Ils essaient de contrôler avec soins les quantités d'eau et de nourriture qui leur reste. Mahdi redoutait un événement comme celui-là. Marcher ne lui fait pas peur, mais avancer dans le désert c'est autre chose. Avec une de ses chemises, il se confectionne un chapeau de fortune.

Rapidement, la caravane se met en route. Le chauffeur, son acolyte et les voyageurs. Le guide part d'un pas décidé. Ils sont obligés de forcer de manière importante pour le suivre. Ils essaient de se tenir au plus près. Il faut rester concentré et ne s'occuper que de soi. Le vent chaud et violent souffle par bourrasque. La troupe progresse avec difficulté.

VII — KIDAL, PRINTEMPS 2018

Mahdi ne se rappelle pas quand la tempête les a vraiment surpris. Il se souvient juste d'avoir gravi péniblement une dune, de la chaleur et du vent qui d'un coup a surgi. Elle épiait là. Cachée derrière les reliefs mouvants, elle attendait son heure avant de bondir sur le groupe comme un félin sur sa proie.

Les voyageurs avaient pris en pleine figure ses coups de griffes chargés de sable. On entendait même plus les cris. Mahdi, penché face aux bourrasques, se masquait le visage pour ne pas avaler toute la poussière soulevée. Il voyait encore Ousmane qui le précédait, mais distinguait à peine Alioune devant eux.

Aveuglés par les grains qui cinglaient leurs joues, et après un effort extraordinaire, les trois hommes ont réussi à se rassembler. Ils se sont allongés au sol. Ils se sont recroquevillés. Le dos à la tourmente. Ils se sont couvert complètement la figure avec ce qu'ils ont pu trouver dans leurs affaires.

La tempête bondissait d'un coup puis s'éloignait un instant avant de revenir en plus fort. Elle fondait sur eux avec encore plus de violence. Le bruit du vent les rendait sourds. Le sable piquait pareil à des milliers de petites aiguilles. Mahdi sait qu'ils sont restés comme ça, dans cette position, pendant un temps interminable.

Son cœur battait la chamade. Il le sentait taper. Il voulait sortir de sa poitrine pour échapper à cet enfer. Les yeux fermés. Mahdi n'arrivait pas à se calmer. « *Ne pas finir ici ! Ne pas crever là !* » se répétait-il intérieurement. Par moment, dans un répit, il percevait des pleurs et des cris étouffés. Le bruit du vent. Puis, de nouveau la tempête. Un champ d'agonies. Le chant des mourants du désert.

Quelqu'un tapait à la porte. Il se trouvait à Saint-Louis avec sa mère. Il était dans sa chambre couché dans son lit. Il dormait profondément quand il entendit la voix douce d'Amy qui l'appelait.

— Mahdi, Mahdi, il faut te lever. Mahdi voulait rester allongé pour profiter un peu du calme.

— Mahdi ! Mahdi !

On lui tapotait sur l'épaule. Il sortit petit à petit de son rêve. Il eut du mal à recouvrer ses esprits et à ouvrir les yeux.

— On est mort ?
— Non, pas encore !
— Alioune ?

Ousmane lui indiqua un tas qui remuait juste à côté de lui. La tempête était passée. Ils vivaient. Mahdi dégagea tout le sable qui le couvrait lui et ses affaires. Il chercha tout de suite son trésor. Il sentit sa boussole dans sa poche. Il était assoiffé. Ses lèvres et son gosier s'asséchaient complètement. Il s'humecta le contour de la bouche avec un peu d'eau puis il prit une petite gorgée. Il ne lui restait qu'une demi-bouteille.

Pendant ce temps, Alioune apparaissait petit à petit de la gangue qui l'enveloppait. Il portait des cheveux couleur de terre. Il passait sa main dans sa tignasse pour en dégager le sable.

Mahdi s'est levé. Il regardait autour de lui. Il n'y avait que l'erg et quelques rochers. Il apercevait quand même un peu plus loin quelques rescapés du groupe. Il ne comptait plus que douze voyageurs. Aucune trace du chauffeur. Une des femmes manquait et les enfants aussi.

Subitement, l'émotion a submergé Mahdi. Il paniquait. Sa respiration s'accélérait. Des larmes glissaient sur ses joues. Il sentait les sanglots remonter de son ventre et de ses poumons vers sa bouche, son nez et ses yeux.

Avec le dos de sa main, il essuyait les gouttes de sable qui coulaient. Alioune lui a adressé un regard plein de tristesse. Le chauffeur, leur guide, et son accompagnateur avaient disparu. Ils étaient seuls. Mahdi n'avait aucune idée de l'endroit où ils étaient et de l'heure qu'il pouvait être. Ils étaient perdus. Comment allaient-ils regagner Kidal ?

Tous les rescapés se sont retrouvés en bas de la petite dune. Tout le monde se demandait de quel côté aller. Avec cette tempête, ils étaient tous désorientés. Mahdi a ouvert la poche intérieure de sa chemise, en a sorti l'étui puis la boussole. Il a dit à Ousmane et à Alioune qu'il pouvait leur donner la bonne direction avec cet outil. Mahdi leur précisa qu'il avait bien étudié le fonctionnement du compas et qu'il fallait continuer vers le nord. Il a indiqué l'orientation à suivre avec son bras.

Si Alioune et Ousmane lui faisaient confiance, les autres rescapés semblaient dubitatifs. Comment un jeune comme lui savait-il se servir d'un objet aussi étrange ?

Mahdi leur a expliqué que lors de la première partie du trajet en camion il avait bien regardé la direction que prenait le véhicule. Plus ou moins rassurés, tous les voyageurs ont emboîté les pas de Mahdi, Alioune et Ousmane.

Ils ont suivi la même direction pendant des heures, en silence. Un triste cortège funèbre. Ils ont marché jusqu'à la tombée de la nuit. Pas de chemin. Seulement des dunes et des rochers. Des cailloux et du sable. Juste avant que le jour ne disparaisse complètement ils ont atteint une zone au sol extrêmement dure, suffisamment large et relativement plate. Il y avait nettement des traces de roues. L'espoir pouvait se lire sur les visages des aventuriers. Les marques continuaient bien dans la direction indiquée par Mahdi et sa boussole. La piste suivait une ligne en formant un grand virage entre deux dunes. De gros blocs de roche espacés entre eux d'une dizaine de mètres délimitaient les côtés de la voie.

Les voyageurs étaient épuisés, assoiffés et affamés. La chaleur de la journée fatiguait leur visage. Leurs pieds brûlaient. Au bout de cet effort, ils ont aperçu l'ombre des maisons de Kidal qui se dessinaient.

Ils étaient soulagés d'être arrivés jusque là.

Mahdi pensait aux autres aventuriers tombés dans cet enfer. Ils ont traversé discrètement la localité pour rejoindre le point de ralliement prévu. Un peu à l'écart du centre du village. Des voyageurs attendaient là. Après quelques minutes de discussion et de négociation, le groupe sortant du désert a, tout juste, trouvé de quoi se ravitailler et boire. Mahdi a levé sa bouteille au niveau de ses yeux. Il ne lui restait que quelques gouttes.

Alioune, Ousmane et Mahdi ont dû encore une fois acheter leur déplacement. Dans ce coin du monde pour survivre et continuer ton chemin tu dois payer. Demain, il faudra parvenir à rejoindre la frontière algérienne. Mahdi ne préfère pas y penser. Il range soigneusement la boussole dans son étui puis le glisse dans sa poche. Il trouve un endroit à l'écart pour se reposer et tenter de reprendre des forces. Il rassemble ses affaires pour former un petit coussin. Il s'allonge et y met sa tête. Il ressent un peu de tension et de méfiance. Heureusement qu'Alioune et Ousmane voyagent avec lui. Il attache l'une de ses mains à son sac et le serre fort. Il ferme les yeux et s'endort auprès de ses compagnons d'expédition.

Mahdi et ses amis sont demeurés dans le ghetto de Kidal pendant plusieurs semaines. Ici se rassemblent tous les partants. À l'écart du reste de la ville. Chaque jour, ils attendaient que les passeurs se manifestent. Avec ces deux compagnons, ils ont économisé et partagé eau, nourriture et angoisse.

VIII — SAHARA, PRINTEMPS 2018

Un matin, c'est un groupe de puissantes voitures tout terrain qui arrive en trombe formant un grand nuage de poussière. Tous les hommes sont armés et sur le plus gros véhicule on peut voir dépasser d'une bâche, une lourde mitrailleuse. Mahdi, Alioune et Ousmane contemplent ces hommes. Ils jouent leur numéro de cirque. Ils sont effarés.

Les aventuriers rassemblent leurs affaires et se présentent face au chef. Il porte un turban blanc et lance un regard noir et inquiétant. Il ne parle pas, il hurle ses ordres. Ils doivent s'acquitter du droit de se déplacer. Ils sont livrés au bon vouloir de cet individu. Il peut décider de partir et de les laisser là. Des proies faciles et dociles. Une fois que l'argent est récupéré, un milicien répartit les voyageurs devant les différentes voitures.

Mahdi, Alioune et Ousmane sont poussés violemment à l'arrière de l'un d'eux. Deux candidats qui ne présentent pas la somme demandée vont rester sur place. Ils tentent de négocier, mais l'impitoyable chef de la bande les fait refouler à coups de pied et à coups de crosses par ses hommes. Pour payer leur billet, ils vont devenir esclaves.

La seule femme du groupe est invitée à monter de force avec le roi. Les passagers essaient de trouver un siège entre les jerricans d'eau. Un liquide trouble qui n'inspire pas Mahdi. Lui et ses deux compagnons ont heureusement pris la précaution de remplir leur bouteille avant l'arrivée du convoi. Le départ est donné pour rejoindre la frontière algérienne plus au nord. Le soleil tape fort. Il fait une chaleur sèche et ardente.

Mahdi, assis dans la plateforme arrière d'une des voitures, ajuste son chapeau de fortune. Il est appuyé contre le rebord en métal. Les secousses continues lui font un mal de chien. Il se masque un peu la bouche, car la poussière et le sable pénètrent partout. Des pauses rares et rapides s'organisent. Mahdi sent les ecchymoses qui marquent son dos. La douleur devient insupportable. Il essaie de trouver la position la moins inconfortable, mais les mouvements s'avèrent imprévisibles et son corps finit toujours par rencontrer les parois dures. Ils arrivent à la frontière en fin de journée.

Ils descendent des véhicules tout terrain et on les conduit, sous bonne garde, dans une sorte de cache souterraine entre des rochers. Un minuscule abri. Il est construit avec des tôles, des poutres, des filets de camouflage et de gros bidons de métal rouillé. Les voyageurs sont sommés de décharger également les réserves d'eau stockées dans les voitures. Le chef s'assure que tous les aventuriers sont entrés et braille l'ordre de rester dans cette tanière tant que l'on ne vient pas les chercher.

— De toute façon, vous ne pouvez pas allé pas bien loin ! Ici, il n'y a rien ! beugle-t-il.

Les hommes armés repartent comme ils étaient arrivés, dans un panache de poussière. Les voyageurs sont seuls. Au milieu du désert. Quelque part à la frontière entre le Mali et l'Algérie.

Mahdi soulève sa chemise et demande à Alioune de regarder ses blessures. Un bon nombre d'hématomes lui couvrent le bas du dos. La petite troupe de nomades improvisés s'installe. Ils trouvent une place.

Personne ne veut se risquer à boire l'eau. L'obscurité tombe d'un coup et le froid du désert enveloppe tout pour déployer un ciel étoilé d'une pureté captivante. Mahdi est fasciné par ce spectacle.

Sous l'abri, les voyageurs s'organisent et posent leurs modestes affaires. Alioune, Ousmane et Mahdi se placent à côté les uns des autres. La nuit s'annonce. Le calme règne. Un léger vent effleure le camp. L'eau et la nourriture s'épuisent. La peur et la lassitude masquent les visages.

Le troisième jour, Ousmane dévisse le bouchon du jerrican proche de lui et verse un peu du liquide dans sa bouteille. Trouble, il ne sent pas bon. Il prend celle de Mahdi et, avec un morceau d'étoffe, il fabrique une sorte de filtre. L'eau a un goût infect.

Les autres voyageurs imitent rapidement Ousmane. Quand Mahdi avale sa première gorgée, il recrache tout directement. Il a refait une tentative plus tard. Il en profite quand même pour humidifier une de ses chemises et improviser une légère toilette. Son dos lui semble moins douloureux, mais la nuit, à même le sol, il n'arrive pas à trouver une position confortable pour dormir.

Alioune goûte l'eau à son tour. Il tombe malade pendant plusieurs jours. Après plus d'une semaine, les réserves alimentaires des voyageurs sont presque épuisées. Il reste à Mahdi deux biscuits. Alioune garde un peu de riz cuit mis en boule dans un tissu, mais, asséché, impossible à manger. Ousmane compte quatre dattes. Ils partagent le festin.

Tous les trois explorent les alentours de la cachette. Ils scrutent l'horizon. Ils ne voient rien. Le désert, dur et brutal. Sous les tôles, la chaleur devient exténuante la journée et le soir il y fait un froid glacial. Les voyageurs sont épuisés. Malgré le rationnement de l'eau, les réserves manquent. Ils ne vont pas tenir longtemps dans des conditions aussi difficiles. Le désespoir arrive vite avec l'obscurité. Il se répand comme une traînée de poudre.

Sans cartes électroniques, leurs téléphones restent inactifs et la plupart sont déchargés.

Dans le fond de la tanière, un homme malade s'éteint, sans force, toux après toux. Jeune, il porte le masque d'un vieillard. Il est seul. On lui donne un peu d'eau, mais il n'arrive même plus à boire. Il est mort dans la nuit. Le lendemain, Mahdi, Alioune et Ousmane creusent une tombe avec leurs mains. Ils lui offrent une sépulture digne. Le vent du désert se met à chanter :

Quand vient le soir dans le désert ardent.
Les dunes ondulent au feu du soleil.
Les grains s'élèvent et valsent dans le vent.
Puis se pose et coule comme du miel.

Des ombres mystérieuses caressent le sable fin.
Avant que la nuit ne jette son voile froid et envoûtant.
Tu es parti naviguer à jamais sur cet océan sans fin.
Une étoile de plus s'allume et brille au firmament.

L'après-midi du huitième jour, un bruit de moteur se fait entendre. C'est un soulagement teinté d'inquiétude pour les voyageurs. Trois véhicules tout terrain se garent devant l'abri. Trois chauffeurs algériens en descendent.

Ils obligent tous les rescapés à sortir. Ils apparaissent amaigris, malades et apeurés. Les transactions commencent immédiatement. Le prix du trajet a flambé. Les passeurs expliquent que la police et les militaires surveillent étroitement la frontière et que les risques pris sont beaucoup plus importants.

Mahdi défait l'une de ses poches secrètes pour y extraire des billets et payer le complément. Il donne également la part supplémentaire d'Alioune. Les chauffeurs ne distribuent ni eau ni nourriture. Une fois que tous les voyageurs ont réglé leur dû, ils s'installent dans les véhicules. Mahdi, Alioune et Ousmane montent dans la deuxième.

Les conducteurs suivent une piste presque invisible. Ils s'arrêtent non loin de la frontière. L'un des hommes grimpe rapidement et avec agilité sur le toit d'un des fourgons. Il balaie l'horizon avec des jumelles à la recherche d'une voie libre. Pour plus de sûreté, les trois véhicules partent dans des directions différentes. Les passeurs laissent un délai d'au moins une demi-heure entre chaque voiture.

Le chauffeur de Mahdi, Alioune et Ousmane se prénomme Mohamed. Il raconte qu'il s'est mis à pratiquer cette activité, car la contrebande à laquelle il s'adonnait avant paraissait trop risquée et moins lucrative. Il veut garder ce « *travail* » encore un peu et ouvrir un commerce plus tard. Le tout terrain longe la frontière pendant une dizaine de kilomètres. On peut voir au loin de hauts grillages.

La faim et la soif tiraillent les occupants de la voiture. Mais c'est l'inquiétude et la peur qui prend toute la place. La muraille de fer disparaît petit à petit. Mohamed attend que le jour baisse avant de franchir la démarcation. Un énorme fossé est en train d'être creusé. Le grillage devrait être installé bientôt. Il y fait descendre le tout terrain puis remonte de l'autre côté. Le véhicule manque de se renverser, mais Mohamed réussit une manœuvre qui le redresse d'un coup et il parvient à passer. Tous les voyageurs sont secoués. La voiture récupère une route bien au-delà de Bordj Badji Mokhtar. Il fait nuit depuis déjà plusieurs heures quand il roule en territoire Algérien.

IX — ALGERIE, PRINTEMPS 2018

Pour éviter les autorités, Mohamed ne s'est pas souvent arrêté. Il a roulé tant qu'il a pu. Son travail est achevé quand il a gagné la frontière marocaine à proximité d'Oujda. Le même paysage défile pendant des heures et des heures.

Les aventuriers sont collés les uns aux autres dans le véhicule. Mahdi, la tête contre la vitre de la voiture, somnole. Alioune, pris de violents maux de ventre, serre les dents. Ousmane, à l'écoute des bruits du moteur, regarde la route droit devant. Un arrêt rapide dans un garage improvisé permet aux voyageurs de souffler un peu et de trouver eau et ravitaillement. Un soulagement pour tous qui se paie au prix fort.

Mohamed apprend par téléphone que l'un des véhicules a été intercepté par les militaires. Tous ces occupants vont être conduits au camp de Tinzaouten. Mahdi a entendu les pires horreurs sur cet endroit. L'inquiétude gagne tout le monde. Il fait remonter tous les passagers et la voiture repart vers le nord. Il roule loin des villes en dessinant de larges détours. Il emprunte, la plupart du temps, des pistes défoncées et inconfortables.

Alioune supporte mal ses conditions de transport. Mohamed arrête le tout terrain non loin de Ksabi. Il se gare à l'abri des regards derrière une maison isolée en ruine. Les voyageurs peuvent sortir, boire, se ravitailler et se soulager. Mohamed descend de la voiture et ouvre le capot avant. Il remonte à bord, baisse le siège et s'assoupit.

Pendant ce temps-là, Ousmane, Mahdi et Alioune partagent quelques biscuits et un peu d'eau. Alioune semble avoir de la fièvre. Ils s'assoient tous les trois contre un pan de mur à moitié effondré. Mahdi mouille une de ses chemises et la pose sur le front de son ami.

C'est la sonnerie du téléphone qui réveille Mohamed. La discussion en arabe dure quelques minutes puis l'équipage reprend la route. Mahdi perd un peu la notion du temps. Mohamed explique au voyageur qu'un proche l'a prévenu d'un barrage situé plus au nord. Ils vont devoir entreprendre davantage de détours et couper par des pistes beaucoup moins roulantes.

Le trajet devient sans fin. Mohamed évite encore plusieurs contrôles. Il s'arrête plusieurs fois pour remplir le réservoir d'essence et laisser reposer la mécanique. Seules occasions pour les passagers de se détendre un peu. Alioune dort beaucoup. Sa fièvre ne semble pas baisser. Ils sont partis de leur tanière du désert depuis de longues heures. Mahdi ne se rappelle plus. Il somnole fréquemment bercé par le bruit du moteur.

Les paysages ocres et poussiéreux sont monotones. La rare végétation meurt de soif. Ils arrivent de nuit près de la frontière marocaine. Les passagers descendent rapidement. Mohamed leur indique la direction à prendre, mais il ne s'attarde pas. Par chance, la nuit s'annonce claire. Mahdi regarde disparaître les feux arrière du véhicule tout terrain.

Alioune est très affaibli. Il est soutenu par Mahdi et Ousmane. Ils avancent lentement sur un bon sentier. Il faut maintenant traverser la frontière et tenter de gagner la ville d'Oujda.

Avant de partir, Mohamed a tracé un plan rudimentaire pour indiquer le chemin de la mer aux voyageurs. Il l'a confié à Ousmane. Les autres occupants sont déjà passés quand le trio aperçoit des jeux de lampes un peu plus loin.

— Une patrouille !

Sans attendre, ils quittent la piste. Ils marchent rapidement pendant quelques centaines de mètres puis se cachent derrière un talus. Mahdi a le cœur qui bat la chamade. Il est essoufflé, mais retient sa respiration. Les trois hommes ne peuvent pas observer ce qui se déroule sur le chemin. À entendre les bruits et les cris, il semble que la patrouille ait attrapé les autres voyageurs.

Mahdi est tétanisé. Il ne bouge pas. Alioune transpire beaucoup. Ousmane, relève la tête. Il pose ses mains en haut du talus et tire doucement sur ses bras jusqu'à ce que ses yeux puissent voir la piste. Il n'y a plus que le silence. Tous les trois attendent encore un moment. Ils se redressent et reprennent le sentier. Tous leurs sens s'éveillent. Attentifs, ils sursautent au moindre bruissement. Le chemin dessine un grand virage. À travers les arbres, ils peuvent distinguer les lumières de la ville. Il ne reste plus que quelques kilomètres.

Il fait frais, mais après toutes les heures passées dans la voiture de Mohamed les trois compères apprécient l'air froid qui soulève leur chemise et caresse leur peau. Alioune semble hagard et perdu. Mahdi et Ousmane l'aident à avancer. Ils descendent vers la cité.

Il n'y a personne. La voie dégagée. Ils se cachent dans le parc à proximité de l'université de la ville. Ils retrouvent là, camouflés, des dizaines de voyageurs. Ils restent tous sur le qui-vive. Au moindre signal, il faut déguerpir en vitesse.

Sans téléphone utilisable, Ousmane part à la recherche de son contact. Mahdi prend soin d'Alioune en attendant. Il demande à d'autres aventuriers s'ils ont des médicaments pour son ami. Il arrive à en récupérer contre de l'argent. Il ne sait pas s'il lui en reste assez pour rejoindre l'Espagne puis la France. L'état de santé d'Alioune se détériore de jour en jour. Kilomètre après kilomètre.

Vers le soir, Ousmane revient avec une bonne nouvelle. Le rendez-vous est fixé trois jours plus tard. Il a trouvé un moyen de gagner la côte. En attendant, Ousmane et Mahdi prennent soin d'Alioune. Parfois, il semble aller mieux, mais, globalement, sa situation empire. Il transpire beaucoup. Il ne mange presque pas.

Au moment convenu, à la nuit tombée, ils partent vers le quartier de la gare. Ils font attention à ne pas croiser les autorités. Furtifs, ils se faufilent dans les rues. Le repos forcé a amélioré l'état d'Alioune, mais il se sent encore faible. Il a perdu beaucoup de poids. La fièvre a beaucoup diminué. Pendant ces trois jours, ils ont amassé des provisions et rempli plusieurs bouteilles d'eau. Mahdi contrôle ses affaires. Il touche sa boussole dans sa poche au travers de l'étoffe pour vérifier qu'elle se trouve toujours à sa place.

Ils marchent assez longtemps. Ils se montrent craintifs. Ils s'arrêtent souvent. Comme des chats apeurés, ils filent ventre à terre. Ils se cachent au passage des voitures. Ils baissent la tête et s'éloignent quand ils croisent des habitants.

Ils rejoignent le passeur au lieu du rendez-vous. Une camionnette les attend. Ils montent à l'arrière. Le véhicule démarre et part en direction de la Méditerranée. Le trajet ne dure pas très longtemps. Mahdi sent l'odeur de la mer. La voiture dépose les trois hommes sur une plage. Ils retrouvent beaucoup d'autres voyageurs. Une nuit sombre tombe.

Il n'y a pas d'étoiles ce soir. Il faut se dépêcher, car le coin se révèle peu sûr. Il reste encore à s'affranchir du passage. Il est obligatoire de payer vite et beaucoup. Mahdi donne tout son argent. On ne voit pas bien l'embarcation dans l'obscurité.

Alioune a peur. Il ne se sent pas bien. La fièvre perle sur son front. Il n'aime pas beaucoup l'eau et déteste les navires. Le bateau est mis à flot. La Méditerranée se montre aussi noire que la nuit. On aperçoit seulement un peu d'écume quand les vagues viennent lécher le sable.

Après le désert, il faut traverser la mer d'Alboran.

X – MER D'ALBORAN, PRINTEMPS 2018

Le passeur se place aux commandes et ordonne à tous les aventuriers de monter à bord. Ils se tiennent debout, les pieds dans l'eau, autour du frêle esquif. Ils embarquent comme ils peuvent. Le rafiot semble bien petit pour les accueillir tous.

Des sardines, hors de la mer, serrées dans une boîte étroite. Tous les voyageurs s'équipent d'un gilet de sauvetage orange usé. Celui de Mahdi n'a plus ses attaches. Il le sangle avec une vieille ceinture de toile. Au milieu du bateau, on distingue nettement la réparation de fortune. Les passagers se collent les uns aux autres.

Mahdi, Alioune et Ousmane suivent le mouvement. Alioune se cale au fond. Mahdi et Ousmane, les pieds à l'intérieur, sont assis sur le pourtour. À peine, le dernier aventurier est-il monté à bord que le vieux, mais puissant, moteur démarre. Il hoquette trois ou quatre fois avant de tourner à plein régime.

Dans le fond, il y a aussi deux bidons de carburant qui refoulent une affreuse odeur d'essence. Les voyageurs se tiennent comme ils peuvent sur des bouts attachés au centre sur de petits anneaux.

Le bateau engage un large demi-tour puis s'éloigne rapidement de la côte. Le pilote est équipé d'une lampe torche qu'il allume de temps à autre. Il ne l'utilise pas beaucoup pour ne pas alerter les patrouilleurs.

On entend que le bruit du moteur et la proue qui fend les vagues. Il se diffuse une odeur d'embruns, d'huile chaude et d'essence. Personne ne parle. Il est impossible de distinguer le ciel et la mer. Un brouillard noir et épais que l'embarcation transperce. Plus on avance, plus les oscillations augmentent.

Alioune se montre de plus en plus inquiet. Il essaie de contenir sa peur. Le bateau progresse doucement. Mahdi estime la vitesse à deux ou trois nœuds maximum. L'homme qui pilote semble savoir où il va. C'est déjà ça se dit Mahdi.

Quand le jour se lève, la côte a disparu. Autour des voyageurs, il n'y a que l'eau et le ciel. Il se drape d'un gris menaçant. Le vent a forci et la houle se forme. Elle offre des couleurs changeantes. D'un bleu profond et sombre au vert émeraude. Un peu d'écume blanche et éphémère habille les crêtes des vagues.

Alioune ne regarde que le fond du bateau. Il a froid. Mahdi aime la mer. Ses mouvements lents et sa puissance contenue. Son odeur salée. Il connaît bien l'océan. Il rencontre la Méditerranée pour la première fois. Beaucoup de voyageurs commencent à se sentir mal. Ils essaient comme ils peuvent de vomir à l'extérieur. C'est bien souvent voué à l'échec. Les sacs prévus à cet effet ne sont pas inclus dans le prix de la traversée.

Ils sont collés les uns aux autres et il est impossible de s'isoler pour se soulager. Il faut accepter cette honteuse déchéance. Celle d'uriner ou de déféquer sous soi. Des relents nauséabonds se mêlent aux vapeurs de carburant.

Les voyageurs n'arrivent même pas à sortir de leurs affaires de quoi boire ou manger. À la fin de l'après-midi du premier jour, le moteur du bateau s'arrête. Il faut refaire le plein de gasoil. Des passagers sont sommés d'aider le pilote pour ce travail. Personne ne peut se déplacer dans l'embarcation. Ce sont les aventuriers à proximité des bidons d'essence qui s'acquittent de la tâche. Le redémarrage s'effectue avec difficulté et prend au moins vingt minutes.

La nuit descend sur les flots agités. Un fragile esquif flotte sur cette immensité avec à son bord une quarantaine de marins improvisés. De cette coque de noix montent vers le Tout-Puissant de timides prières. Les nuages gris et menaçants déversent une pluie froide. L'orage gronde et des éclairs déchirent le ciel. Lui et la mer commencent une danse sauvage et violente.

Dans l'embarcation, les voyageurs s'accrochent désespérément. Le pilote essaie de maintenir un cap. Le bateau est secoué de toute part. Le haut des flots se fracasse sur les bordures et inonde le fond. Alioune est trempé et terrifié. Ousmane et Mahdi glissent dès que la proue se dresse devant une vague. Ils tiennent fermement une corde attachée au fond. Les voyageurs ne voient plus rien avec la pluie qui redouble.

Les éléments se battent dans un duel sans merci. Le bateau ne forme plus qu'une fragile brindille que la nature hostile peut briser à tout moment. Le ciel et l'eau contre quelques vies humaines.

Mahdi ne se souvient plus quand tout a basculé. La tempête faisait rage depuis une éternité. Les voyageurs luttaient tous pour s'agripper au pourtour. Mahdi lâchait le cordage de temps en temps pour s'essuyer les yeux. Il observait Ousmane qui s'accrochait au bout usé avec ses deux mains. Il voyait la peur dans son visage. Mahdi n'était pas rassuré non plus.

Il regardait le pilote, une main sur la manette du moteur et l'autre arrimée à une poignée, qui tentait de suivre la route. Il grimaçait. Il était effrayé. Comme tous les voyageurs.

Soudain, Alioune s'est levé. Debout au milieu du bateau, il avait les yeux écarquillés et défiait le ciel. Il criait. Mahdi entendait mal à cause du vacarme de la tempête. Il ne comprenait pas ce qu'Alioune disait. Il semblait délirer. Il défiait les éléments et invectivait son Dieu. C'est à ce moment-là qu'une vague a bondi dans le canot. Comme l'araignée qui guette sa proie depuis plusieurs minutes, elle s'est jetée dessus de toutes ses forces. Elle a balayé tout ce qui s'y trouvait. Elle a frappé fort.

L'embarcation s'est pliée en deux avant de reprendre sa forme initiale. Un bidon s'est détaché. Il a glissé sur le fond rigide et a emporté avec lui une dizaine de voyageurs.

— Alioune ! Alioune ! a hurlé Mahdi.

Trop tard. La vague est repartie. Alioune est éjecté hors du rafiot. Mahdi est sonné. Accroché au flotteur, il n'arrive pas à y croire. Il ne veut pas voir. La mer a entraîné son ami dans les profondeurs. Il pleure. Il sanglote. La tête collée au caoutchouc de la bordure. Il serre les poings sur cette maudite corde.

Dans le lointain, on entend encore le cri des aventuriers emportés par la vague. Un champ d'agonies. La Méditerranée vient de percevoir son droit de passage sur les voyageurs. Le chant des noyés de Méditerranée :

Je t'ai vu un matin debout sur un bateau.
Un crépuscule où le ciel et la mer se confondaient.
Je t'ai vu à l'aube fier d'être matelot.
Un jour où les nuages et les vagues s'unissaient.

Je t'ai regardé partir sur l'horizon mystérieux.
Un soir où le chaud soleil d'été se baignait.
Je t'ai perdu, ô, mon beau marin audacieux.
Un soir où le souffle fort de la tempête s'entêtait.

Ousmane tente de réconforter Mahdi. La tempête continue pendant des heures. La danse macabre du ciel et de l'eau n'en finit pas. Les passagers sont trempés et ils commencent à avoir froid et faim.

Leur cauchemar prend fin quand le jour se lève et sépare la mer et les nuages. La houle reste encore importante, mais il ne pleut plus. Le pilote tente de faire redémarrer le moteur du bateau. Le vent favorable aux voyageurs les pousse vers le nord.

Ousmane tend une datte et un biscuit à Mahdi. Mahdi accepte la nourriture, les yeux pleins de larmes et de tristesse. Il mange sans envie en regardant la mer et l'horizon. Cette mer qui l'aime tant vient de lui prendre un compagnon. Il règne un silence pesant dans le canot.

Beaucoup de voyageurs, comme Mahdi, pleurent un ami, un frère ou un mari. Le pilote réussit à faire démarrer le moteur après des dizaines de tentatives. Il semble marquer un point de navigation. Il ne reste pas beaucoup de carburant. Mahdi pense qu'ils ont largement dérivé.

Les occupants s'efforcent comme ils peuvent pour évacuer l'eau accumulée à l'intérieur. Ils écopent avec leurs mains. Ils sont trempés et frigorifiés. La brise de traîne glace les corps. Mahdi aperçoit au loin une forme sur l'horizon. Un cargo sans doute. Le bateau progresse très doucement.

La mer est redevenue plus calme. Les passagers choqués par la tempête n'arrivent pas à se réchauffer et ils claquent des dents. Mahdi peut enfin boire. Ses mains lacérées à cause du cordage. La journée s'écoule très lentement. Morose. Triste.

La luminosité baisse et le moteur toussote. Le bateau n'avance plus suffisamment vite. C'est dans cette obscurité naissante que les aventuriers aperçoivent une forme au loin. Le trait de côte. Ils approchent des rivages espagnols. Tous les regards vont dans la même direction.

Des voyageurs essaient de se mettre debout pour mieux voir au risque de faire chavirer le canot. Ils sont sévèrement rabroués par le navigateur. Il faut encore quelques minutes de traversée. Après, ils vont débarquer sur le continent. Dans l'inconnu, mais vivant. Mahdi trouve les heures de plus en plus longues. Le temps semble s'arrêter et le bateau presque immobile.

La mer s'est apaisée. Le pilote stoppe le moteur. Tous les voyageurs regardent fixement la terre. C'est une étendue de sable fin. Immense. Les plus hardis sautent dans la Méditerranée. De l'eau jusqu'à la taille, ils pataugent autour du canot. Ils prennent les cordages et hissent l'embarcation sur l'estran. Au cœur de la nuit, un groupe de rescapés pose le pied sur une plage espagnole non loin d'Almeria.

XI — EL EJIDO, PRINTEMPS 2018

C'est triste et sans argent que Mahdi arrive en Espagne. Il ne faut pas perdre une minute avant d'être repéré par la police. Les pieds dans l'eau fraîche, les aventuriers tirent énergiquement la vieille embarcation sur le sable sec.

Ils distinguent les lumières d'une ville un peu plus loin sur la gauche. Devant eux, une belle plage large de quelques dizaines de mètres. Au-delà, un front de mer qui semble en construction ou bien abandonné. De jeunes palmiers, agités par le vent, saluent les nouveaux venus.

Un groupe de voyageurs s'empresse de quitter l'endroit et se dirige vers la cité. Ousmane, Mahdi et quelques autres s'attardent au bord de l'eau. Ils récupèrent un peu de la traversée éprouvante. Mahdi est fatigué. Il n'a pas dormi depuis longtemps. Il pense à son ami perdu dans les profondeurs.

Le navigateur leur conseille de ne pas rester là et de filer au plus vite. Personne ne voit exactement où ils sont. Même le pilote ne semble pas savoir. Ousmane et Mahdi quittent la plage en dernier. Ils prennent la direction des lumières en suivant le front de mer et les palmiers.

D'un côté, le sable et de l'autre un marais salant asséché et envahi de plantes halophiles en buissons. Ils arrivent rapidement dans la ville. C'est une petite station balnéaire. Au cœur de la bourgade endormie, le groupe de voyageurs s'est rassemblé.

Le pilote, après quelques appels téléphoniques, sait dans quelle localité ils ont échoué. Il indique qu'il connaît un endroit non loin de là où passer la nuit et contre quelque argent il les a guidés. Ousmane paie pour lui et Mahdi. Un petit attroupement se forme autour de lui et un autre s'éclipse rapidement dans les rues de la ville.

Pour rejoindre le lieu d'hébergement, il faut la traverser. Elle occupe une surface assez modeste. Elle rétrécit d'année en année. Seul le vieux centre résiste. Autour d'elle, des serres géantes avancent et recouvrent la moindre parcelle de terre. Elles poussent plus vite que les légumes qu'elles abritent. Elles descendent des montagnes arides alentour et se répandent vers la mer. Un drap de bâches blanches recouvre tout. Du ciel, on croirait qu'il a neigé et qu'un manteau immaculé tapisse les sols. Un océan de plastique qui nourrit l'Europe. Le groupe se faufile entre les serres. Les voyageurs marchent comme ça pendant près de trois heures. Le jour commence à se lever quand ils arrivent sur une petite place de terre rouge et fine. Elle est située au milieu des tunnels de culture.

Tout autour des abris de fortune fabriqués avec de vieilles planches et des morceaux de bâches. Dans un coin et autour d'un tuyau terminé par un robinet, un amas de bassines. Au-dessus, quelques fils tendus sur lesquels sèchent des vêtements. Plus loin et un peu à l'écart une petite cabane plastique sert de toilette pour tout le groupe.

Ousmane et Mahdi trouvent une place dans une cahute libérée de ses occupants. Sur le sol, il y a de vieux cartons et trois dalles en vinyle. De chaque côté, il y a deux lits fabriqués avec des briques et des planches. En guise de matelas, deux pièces de mousse usées. Ousmane et Mahdi sont tellement fatigués. Ils s'assoient sur les couchettes.

Mahdi pose son sac comme un oreiller et s'allonge rapidement. Ousmane imite son ami. Mahdi est étendu sur le dos. Il a les yeux ouverts.

Il voit une bâche plastique sale et couverte de poussière. Elle tient tout juste avec quelques liens et flotte dans l'air du matin. Mahdi s'endort brusquement.

Des éclats de voix réveillent Mahdi. Il tourne la tête vers l'autre lit. Ousmane n'occupe plus sa couche. Il se redresse et regarde dehors. Un attroupement s'est formé autour d'un gaillard qui parle fort. Mahdi se lève et se dirige vers le groupe. Mahdi essaie de comprendre un peu ce qui est dit. L'homme parle en espagnol.

Ousmane lui dresse un résumé rapide de la situation. Ils peuvent travailler ici pour gagner de quoi partir ailleurs. Ils doivent s'accommoder de ce confort. Ceux qui ne veulent pas peuvent déguerpir immédiatement et les autres commencent d'ici quelques heures. Ils sont payés à la tâche pour quelques euros.

Sans papier officiel, ils n'ont pas le choix. Juste le temps de se rafraîchir, de manger et de revêtir une tenue adéquate. Des travailleurs déjà installés là vendent à Mahdi et Ousmane de quoi s'alimenter un peu. Ousmane donne le peu d'argent qui lui reste.

Au point d'eau, c'est l'attente. Une queue d'une vingtaine de travailleurs s'est formée. Mahdi attend près d'une heure avant de pouvoir y passer ses mains. Il s'asperge le visage et finit par mettre sa tête entièrement sous le robinet. Il est couvert de sel. Il lui coule sur les joues puis dans la bouche. Il crache. Il remplit sa bouteille et va se changer dans son abri. Il fait attention à garder sur lui son trésor. Sa boussole. La raison de son voyage.

Peu après, un autre homme arrive et les conduit dans une serre immense à quelques pas seulement. Il leur explique rapidement les tâches à accomplir. Ils travaillent dans des tunnels qui nourrissent toute l'Europe. Mahdi et Ousmane vont cultiver les tomates. Un exercice difficile. Rude. Dans ces abris et sous le soleil d'Andalousie, la chaleur torride use les corps. Plus de cinquante degrés parfois.

Dans le camp, la vie s'organise avec les nouveaux venus. Des voyageurs partent et d'autres arrivent. Les forçats voudraient ne pas rester là trop longtemps. Les journées deviennent interminables. Les plus anciens et surtout ceux qui possèdent des papiers s'occupent du ravitaillement et de l'achat des vêtements. Les travailleurs vivent modestement en essayant de mettre un peu d'argent de côté pour quitter au plus vite cet endroit.

Mahdi n'aperçoit de l'Espagne que le haut des armatures, les bâches plastiques, les montagnes sèches à la végétation rabougrie, la terre des serres et la poussière qui imprègne tout. Les seules chansons espagnoles qu'ils entendent présentent des couplets aux ordres des contremaîtres. Eux, rêvaient des cow-boys et des sierras torrides des westerns à la sauce italienne.

Un jour, avec l'aide d'un autre employé, il peut rassurer sa famille en appelant Saint-Louis avec un vieux téléphone portable. La conversation ne dure pas très longtemps, mais elle apporte beaucoup de bienfaits. Il est ému quand il discute avec Rokhaya. Même si les communications lui coûtent deux semaines de travail, il est ravi d'avoir pu parler avec les siens. Lui n'a pas encore les moyens d'obtenir une nouvelle puce électronique pour son appareil.

Ousmane peut joindre également sa famille en Angleterre. Ce jour-là, ils se sentent des voyageurs heureux. Ils ont pu envoyer des cartes postales vocales et virtuelles comme des touristes rassurant leurs proches. La vie harassante et monotone dans les serres d'Andalousie du jardin de l'Europe s'écoule lentement. Mahdi a souvent mal aux mains et au dos.

Régulièrement, sous le plastique, il respire des produits qui lui irritent les yeux et lui piquent la gorge. Pendant les quelques heures de repos, Mahdi et Ousmane discutent longuement. Ils se rendent rarement à la mer. Mais chaque fois qu'ils y vont, Mahdi savoure cet instant. Il aime la contempler et la sentir. Fouler le sable chaud. Marcher sur l'estran mouillé quand les vagues vous lèchent les pieds. Mahdi et Ousmane s'assoient face à la Méditerranée, le dos contre le muret qui délimite la plage. Ils regardent l'horizon sans parler. Ils pensent à Alioune. Ils attendent que le jour baisse avant de revenir au milieu des serres.

Ils ne s'aventurent presque jamais dans le centre de la ville. Des hommes partis acheter quelques denrées ne sont jamais rentrés. C'est souvent le lieu de bagarres. Les habitants n'accueillent pas ces visiteurs avec bienveillance. Même s'ils nourrissent l'Europe entière. Le soir, au camp, ils rencontrent d'autres voyageurs de passage. Comme eux. Dans leur abri fragile, Mahdi et Ousmane échafaudent des plans pour remonter vers le nord.

Ils n'ont pas beaucoup de distraction. Quelques fêtes ou quelques parties de ballons viennent parfois briser la routine de leur vie de travailleurs sous serres.

Bien des mois plus tard, Mahdi et Ousmane s'apprêtent à quitter la mer blanche. Ils sont décidés à partir sans regret et à abandonner cette terre de misère. Sortir du monde de plastique de la ville d'El Ejido.

Avec l'aide de plusieurs voyageurs, ils ont rencontré un routier prêt à les prendre à bord de son camion. Le passage coûte assez cher, mais ils acceptent. Ils embarquent dans quelques heures pour le nord de l'Europe. Ils rassemblent leurs affaires et se dirigent vers le lieu du rendez-vous. Non loin de la plage où ils sont arrivés. C'est le soir.

XII — PARIS, HIVER 2019

Le camion stationne sur un grand terrain isolé au milieu des marais asséchés. Après la rapide transaction avec le conducteur, ils s'installent à l'arrière de la cabine. Le routier montre aux deux voyageurs comment se dissimuler en cas de contrôle. Au fond, sous la banquette, se trouve une petite cache. Elle s'escamote facilement. Une planque pour deux passagers.

Le chauffeur vérifie la remorque et le chargement. Il monte dans l'habitacle et claque la porte. Il ajuste son siège. Il teste les commandes et démarre. Le camion roule doucement sur cette piste poussiéreuse. Il gagne rapidement la route puis il quitte la ville.

Mahdi et Ousmane ont continué leur apprentissage de l'espagnol et ils arrivent à échanger quelques mots avec le conducteur. Mais le plus souvent, celui-ci met la radio. Ousmane et Mahdi, bercés par le ronronnement du moteur, se laissent glisser vers le sommeil. Il récupère un peu du travail dur et usant effectué durant les mois précédents.

Le camion s'arrête régulièrement sur des parkings et des aires de stationnement. Le chauffeur se gare toujours un peu à l'écart. Ces passagers peuvent descendre discrètement pour se dégourdir les jambes et aller aux toilettes.

Depuis l'arrière de la cabine et quand il ne dort pas, Mahdi observe les paysages, les routes et il lit tous les panneaux indicateurs ou publicitaires. Vers Valence puis au sud de Barcelone, le camion est obligé de s'arrêter pour un contrôle. Mahdi et Ousmane se glissent dans la cachette et retiennent leur respiration. Mahdi se tend. Il a peur. Ousmane ne le montre pas, mais il se trouve dans le même état.

Le chauffeur descend de l'habitacle et laisse les agents vérifier la marchandise dans la remorque. Ils inspectent rapidement la cabine puis le camion est autorisé à repartir. Quelques kilomètres plus loin, Mahdi et Ousmane sortent de leur cachette. Ils poussent un long soupir de soulagement. La planque exiguë propose un abri particulièrement inconfortable.

Le conducteur s'en amuse. Mahdi et Ousmane, eux, montrent de l'inquiétude et ils appréhendent le passage de la frontière. C'est pour demain. Pour le moment, le chauffeur arrête son camion sur une aire de repos. Il ne repart que dans quelques heures. Vers le milieu de la nuit. Mahdi pense très fort à sa quête. Il sait que le chemin va durer encore longtemps, mais il se rapproche un peu plus de son but. Ousmane lui a maintes fois répété que sa recherche s'avérait vaine et qu'il pouvait l'accueillir dans sa famille en Angleterre. Ils en avaient souvent discuté tous les deux. Mahdi irait jusqu'au bout. C'était entendu. Ousmane respectait ça même s'il n'en comprenait pas bien le sens.

Assis à l'arrière du camion, Mahdi sort la boussole de son étui. Il regarde l'aiguille et passe ses doigts sur la bordure en laiton. Il la remet dans son fourreau puis déplie une nouvelle fois le mot rédigé par René-Jean son ancêtre. L'écriture est presque effacée. Le papier jauni et déchiré par endroit.

« Saint-Louis, le vingt-cinq septembre mille-neuf-cent-soixante-dix-neuf. Cet objet m'a été confié par Michel sur le front en mille-neuf-cent-dix-sept. Nous combattions sur le Chemin des Dames et c'est grâce à cette boussole que j'ai pu ramener Michel, blessé, dans nos lignes.

Après tout est allé très vite et je n'ai pas eu le temps de la lui rendre. Jusqu'à la fin de la guerre et avant ma démobilisation j'ai cherché partout où je pouvais une trace de Michel. Mais c'était très dur pour un tirailleur sénégalais comme moi de trouver quelqu'un qui vous écoute et vous aide.

Souvent, j'ai été moqué et raillé. Même les autres frères riaient de moi et mon entêtement à vouloir retrouver cet homme. Je suis resté en France jusqu'au terme de l'année mille-neuf-cent-dix-huit. J'ai été décoré pour cet acte de bravoure puis on m'a renvoyé chez nous. Pendant tout ce temps, j'ai essayé de dénicher des traces de Michel, mais rien.

Je sais de lui qu'il était instituteur du côté de Tours, mais je ne connais pas son nom de famille. Je repense souvent à ces heures sombres. Je ne trouverais vraiment le repos et la paix au fond de moi que quand je rendrais à Michel cette boussole. Même quand je prenais la mer pour aller pêcher, il m'arrivait bien parfois de songer à lui. C'était un cadeau de sa femme Andrée juste avant qu'il ne soit appelé à rejoindre l'armée en mille-neuf-cent-quinze. Si seulement j'avais eu plus de temps, je serais... »

Mahdi ne parvient pas à déchiffrer la fin de la lettre. Il replie délicatement le mot écrit de la main de René-Jean et sort la photographie de son ancêtre en habit militaire au côté de Michel et entouré des brancardiers. Il range son trésor quand le camion approche de la frontière entre l'Espagne et la France.

Avec Ousmane, ils ont juste le temps de se glisser dans la cachette. Mahdi essaie de se calmer, mais son cœur bat fort. Il a l'impression que les pulsations frappent et résonnent dans toute la cabine. Le véhicule s'arrête devant les douaniers.

Du fond de la planque, les deux amis écoutent. Ils ne perçoivent que des bribes et des timbres de voix. Ils entendent distinctement l'ouverture des portes arrière et la fouille de la remorque. Ils se décontractent au moment où le camion démarre pour poursuivre sa route.

Mahdi est soulagé. Il est arrivé en France. Quelques minutes plus tard, le conducteur soulève la trappe de la cachette et libère les deux compères. Un grand sourire illumine leur visage. Le chauffeur accompagne également les rictus de satisfaction. Beaucoup de questions se bousculent dans la tête de Mahdi. Comment faire pour accomplir sa mission ? Comment retrouver la famille de Michel ? Comment rester ici le temps d'exaucer la volonté de René-Jean ?

Beaucoup plus loin et après des centaines de kilomètres, Mahdi et Ousmane arrivent à Paris. Ils ont parcouru la France. Ils ont vu beaucoup de choses et traversé de nombreux paysages. Le chauffeur les dépose quelque part dans la banlieue.

Sans beaucoup plus de cérémonie, les voyageurs se séparent de lui. Il fait froid. Mahdi et Ousmane n'ont pas grand-chose sur le dos. Ici, c'est l'hiver.

Ousmane connaît beaucoup de monde dans la cité. Il empoigne son téléphone et appelle plusieurs numéros. Il sait où aller ce soir. Après plusieurs bus et beaucoup de marche, Ousmane et Mahdi distinguent les premiers contours de la grande ville.

Ils regardent impressionnés et craintifs. Ils découvrent le métro. Ils ne prennent pas le temps de flâner. Ils arrivent au pied d'un immeuble immense. Ils n'en avaient jamais vu d'aussi imposant. L'ascenseur est en panne. Il leur faut grimper huit étages par l'escalier. Ils pénètrent dans un appartement chaleureux où vivent de lointains cousins d'Ousmane.

On leur a réservé un accueil festif et convivial. Mahdi et Ousmane n'avaient pas ressenti ça depuis une éternité. Ils sont émus. Ousmane, les larmes aux yeux, étreint longuement la maîtresse de maison. Mahdi ne trouve pas les mots pour remercier ses hôtes. Il sourit à tant d'égard et de gentillesse. Un repas très copieux est partagé. Les souvenirs et les rêves se mêlent au fil des discussions.

Ousmane parle de son objectif de gagner Londres. Mahdi suscite beaucoup d'interrogations et d'étonnements quand il évoque son ancêtre René-Jean, la boussole et sa quête. Tout le monde l'admire et veut la toucher. La soirée se prolonge très tard dans la nuit. Une chambre est préparée pour les deux visiteurs. Ils se rafraîchissent puis ils se couchent rapidement. Ousmane éteint la petite lampe. Dans le noir de la pièce, les ombres de cette grande ville inconnue se dessinent sur les murs. Mahdi est impressionné. Il ferme les yeux et refait dans sa tête tout le voyage depuis l'Espagne. Il a la sensation de rouler. Il voit tous ces paysages défiler. Ousmane s'est endormi. Mahdi sourit, heureux d'être arrivé jusqu'ici. Il peut se laisser paisiblement prendre par le sommeil en pensant à son ami et à sa propre histoire.

XIII — OUSMANE, AVANT 2018

Ousmane ne parle jamais beaucoup de lui. Grand et fort, il a les yeux rieurs. Il garde sans cesse sa bonne humeur. Malgré toutes les épreuves qu'il a traversées, il a un moral d'acier. Il s'était un peu confié à Alioune et Mahdi.

Lui avait tenté une première fois le voyage en passant par la route de la Libye. Il est toujours très ému quand il en parle tellement c'était dur. Il a laissé beaucoup d'amis et plusieurs aventuriers dans les dunes de ce coin du monde.

La poussière et le sable du désert gardent enfouis les pires souvenirs d'Ousmane. Il avait été pris en charge par un groupe armé de la région. Lui et d'autres voyageurs s'étaient retrouvés dans un village au milieu de nulle part. Le fief d'un riche commerçant qui devait toute sa fortune au négoce des hommes. Tous les habitants de la bourgade travaillaient pour lui.

Quand Ousmane et ses compagnons étaient arrivés, ils avaient été hués par les enfants qui couraient à côté du camion. Les plus virulents leur crachaient dessus. À peine descendus, ils avaient été conduits dans une vieille maison aux allures de prisons. Couvertes de tôles, on pourrait se croire dans un four.

Ils étaient entassés dans une pièce étroite, sale et puante. Un seul seau en guise de toilette. Les hommes armés les avaient fait entrer sans ménagement et à grand renfort de coups de pied. Les coups de crosses de fusil pleuvaient aussi.

Ils avaient été sommés de donner leur papier et tous leurs appareils électroniques. Ceux qui ne voulaient pas ont été frappés et jetés dans une sorte de trou profond et surmonté d'une grille verrouillée. Ils étaient restés dans cet endroit sordide pendant des jours. Les cartes à puces leur avaient été prises.

À partir de là, ils avaient enduré des humiliations et des sévices abominables. Ces hommes torturaient les voyageurs en direct par téléphone avec les familles des victimes et ils négociaient directement le montant de leur libération.

Les femmes étaient régulièrement violées et battues. Ousmane avait subi le même sort. Pendus par les pieds, les gardiens les frappaient et les tabassaient encore plus fort. Ousmane s'était plusieurs fois évanoui. De temps en temps, ils avaient droit à un peu d'eau et de quoi ne pas mourir de faim.

La famille d'Ousmane, depuis la banlieue de Londres, avait assisté horrifié et en direct aux tortures qu'il avait endurées. Elle éprouvait la souffrance du prisonnier impuissante et démunie. Ousmane porte encore les traces de ces mauvais traitements. Brûlures et cicatrices.

En Andalousie, pendant un rare moment de pause, Ousmane et Mahdi étaient allés au bord de la mer. Ils étaient restés des heures à contempler les vagues. Personne ne parlait. Avec le jour finissant, Ousmane avait raconté comment les tortionnaires occupaient leur soirée. Ils choisissaient de jeunes voyageurs. Ils les obligeaient à se dévêtir et s'amusaient à leur imposer, de force, des jeux sexuels, dégradants et violents. Ils filmaient les scènes et riaient de leurs exploits. Quand ils en avaient assez, ils les renvoyaient dans leur cellule.

Les hommes humiliés et choqués ramassaient leurs effets. Ils s'habillaient rapidement. Honteux et salis. Ousmane pleurait comme un enfant à l'évocation de se souvenir. Mahdi, à ses côtés, ne trouvait pas les mots pour réconforter son ami.

Cette captivité avait fait grandir trop vite Ousmane. Il tentait d'oublier tout ça en montrant un large sourire. Au fond de lui, les blessures restent profondes et vives. Sa famille avait cédé et avait entrepris le nécessaire pour payer la somme exigée par les ravisseurs. Mais ces monstres du désert gardaient, parfois, leurs otages pour demander encore plus d'argent.

Ousmane n'a jamais revu les voyageurs pour lesquels les proches n'ont pas pu s'acquitter de la dette. Il ne sait pas combien de semaines il est resté dans cet endroit. Des détenus sont devenus fous, d'autres sont tombés malades. Une nuit, Ousmane et un groupe d'aventuriers ont été extraits de leur geôle pour être jetés dans un camion. Il avait roulé pendant longtemps. Plusieurs jours. Ousmane était amaigri et couvert d'ecchymoses.

Les voyageurs ne trouvaient rien à manger. Ils avaient droit à un peu d'eau de temps en temps. Elle croupissait dans des jerricans en plastique. Souillée par les gardiens qui s'amusaient volontiers à uriner dedans. Au bord de la Méditerranée, ils avaient été contraints de rafistoler une embarcation avec des moyens de fortune. De la ficelle et un peu de goudron.

Ils étaient montés dans ce fragile et instable canot sans nourritures et sans de quoi boire. Un radeau de papier. Une mince coque d'espoir pour une vie meilleure. Un morceau de carton flottant contre une mer sombre et froide. Les passagers avaient embarqué pour une traversée à l'issue incertaine. Ils étaient deux fois plus nombreux que la capacité du bateau. Un voyageur sur trois seulement portait un gilet de secours. Ils étaient souvent abîmés et ne pouvaient sauver personne.

À l'intérieur, personne ne savait naviguer. Le courant et un ridicule petit moteur le faisaient avancer. Au bout de dix heures, la mer commençait à envahir le fond. À bord, c'était la panique. Les prières ne suffisaient pas à rassurer les passagers. Dans la tête d'Ousmane se bousculaient des supplications et des rêves. Il regardait l'intérieur du radeau. L'eau montait inexorablement. Il n'entendait plus les cris et les pleurs des autres aventuriers. Il se rappelle qu'il en avait jusqu'aux genoux et qu'il a fermé les yeux. Ses mains s'agrippaient frénétiquement à un filin relié à aucune amarre.

C'est un bateau des gardes-côtes italiens qui les a secourus. Les derniers voyageurs baignaient complètement dans l'eau quand le canot a disparu. En quelques minutes, il a été englouti par la mer. Ousmane montait à bord d'un navire de la marine italienne et tenait toujours entre ses doigts le cordage. Les passagers ont été débarqués quelques heures plus tard sur une petite île. Il y est resté quelques semaines. Il stationnait dans un camp.

Ils survivaient dans des conditions de vie précaires, mais après l'épisode du désert c'était presque le paradis. Ousmane avait accosté un jour en Italie, mais il n'y est pas resté longtemps. Juste assez pour rejoindre un aéroport avec d'autres voyageurs, de monter dans un avion spécialement affrété et de regagner son pays.

Ousmane voulait oublier au plus vite son douloureux périple, mais loin d'être découragé il pensait au prochain. Il arborait un large sourire. En écoutant le récit des aventures d'Ousmane, Mahdi se disait qu'il avait eu beaucoup de chance. Mahdi et Ousmane parlaient souvent d'aventure et de la difficulté de se déplacer dans ce monde et des contraintes que se sont imposées les hommes.

Mahdi espérait juste une traversée en forme de quête. Il ne pensait pas que ça pouvait être aussi complexe de parcourir la planète à la recherche de son passé. Il voulait simplement marcher dans les pas de René-Jean. Pour Mahdi, les frontières ne formaient jusque là que des traits noirs tracés sur une carte.

Durant son voyage, il s'est cogné à leur épaisseur. Les autorisations et les sauf-conduits administratifs établis par les États ne représentent que des sésames que l'argent brûle et transforme en rideau de fumée.

Mahdi ne voulait se servir que de sa boussole pour trouver son chemin dans ce monde.

XIV — ALAIN, HIVER 2019

Mahdi est resté à l'hôpital plusieurs jours. Le médecin qui est passé plusieurs fois a fait enlever les menottes qui maintenaient le patient à son lit. Comment pouvait-on infliger ça à un homme en détresse ? De toute façon, un gardien attend toujours devant la porte. Il n'est pas un dangereux criminel, mais un jeune désespéré qui a attenté à sa vie.

Pendant son séjour, il a vu pas mal de visiteurs. Du personnel infirmier, des médecins, des policiers et des employés administratifs. Mahdi se sentait triste. Il ne parlait pas ou très peu. Son ami Ousmane cheminait vers un autre destin. Ils étaient restés tous les deux dans la famille d'Ousmane pendant quelques semaines.

Un appartement exigu, mais où tout le monde trouvait sa place. Ils sortaient tous les deux pour visiter la grande ville. Ils vivaient de menus travaux payés de la main à la main. Ils découvraient des occasions de sourire et se sentaient presque libres.

Un matin gris, froid et pluvieux, Ousmane reçoit un appel de ses cousins londonien. Tout est organisé pour son trajet. Il doit s'en aller dans quelque temps vers le nord de la France pour rejoindre Calais. Mahdi a un petit pincement au cœur de savoir que son ami va partir, mais il s'avoue quand même content pour lui. Ousmane consacre les quelques jours suivants à préparer son voyage. Il continue son aventure. Il paraît heureux.

Mahdi range également ses affaires. Il ne veut pas loger ici même si on le lui propose de bon cœur. Mahdi ne désire pas s'imposer et il souhaite poursuivre sa quête. C'est le moment. Il recule l'échéance depuis quelque temps. Ousmane insiste pour qu'il reste chez ses amis. Mahdi refuse poliment l'invitation.

Des adieux très chaleureux s'organisent. Mahdi et Ousmane assurent donner des nouvelles rapidement. Ils chargent leur sac sur leur dos et quittent l'appartement. Les deux compagnons descendent prestement les escaliers de l'immeuble. De l'esplanade, ils offrent de grands signes de la main vers les étages supérieurs de la haute tour.

Ils se retournent et se dirigent à grands pas vers la gare. Ils attrapent le train puis plusieurs transports pour s'enfoncer au cœur de la cité. Les deux aventuriers reprennent la route. Ils débarquent quelques minutes plus tard dans une zone commerciale. Ousmane doit récupérer un camion qui doit l'amener dans le nord. Il attend déjà sur place. Sur un parking un peu à l'écart de l'agitation urbaine. Là, il y a un petit groupe de passagers qui patiente avant de pouvoir se cacher dans la remorque entre des palettes de pièces industrielles. Après de rapides tractations, le conducteur fait monter les voyageurs.

Mahdi et Ousmane se prennent dans les bras et jurent de s'appeler le plus souvent possible. Ousmane grimpe à l'arrière et le chauffeur referme les portes. Le camion démarre puis s'engage sur un boulevard. Mahdi se retrouve seul.

Il ressent un vide dans tout son être. Ses jambes se dérobent. Il s'assoit sur le bord d'un trottoir pour recouvrer ses esprits. Il ne sait pas vraiment comment commencer ses recherches. Il met la main dans sa poche pour sentir la boussole. Il décide de gagner le centre de la ville et de se promener pour réfléchir à la suite de son voyage. Il erre discrètement et évite soigneusement les contrôles.

Il entre dans un petit parc urbain. Il pose son sac et s'assoit sur un banc de fer et de bois. Il est peint en vert. Autour de lui des arbres et des parterres de fleurs bien taillés. Devant lui, des enfants jouent au ballon sur un sol en falun. Non loin de là, une fontaine d'où des grenouilles et des poissons de métal crachent de l'eau.

Quelques piétons avec ou sans chien déambulent et quelques lecteurs sont plongés dans leur livre. Mahdi se sent un peu mieux, mais il pense toujours à son ami Ousmane en route pour Calais. Il regarde l'écran de son téléphone. Pas de message. La journée passe rapidement quand on flâne dans la cité. Le soir déploie sa cape noire sur la ville. Les lampadaires et les enseignes s'allument. La lumière naturelle devient orangée et artificielle.

Mahdi a rejoint, en fin d'après-midi, un groupe d'aventuriers. Mahdi s'adapte très vite à la vie parmi eux. Il retrace sa traversée et sa curieuse destination. Les autres rient. Ils discutent comme ça pendant plusieurs minutes. Tous les voyageurs racontent et revivent leur douloureux périple. Mahdi suit le mouvement quand la troupe part se mettre à l'abri pour la nuit. Ils marchent longtemps.

À travers des petites rues, d'étroites impasses et des terrains vagues. Ils traversent une voie ferrée. Ils arrivent dans un camp de fortune coincé entre les rails et un canal. Juste en dessous d'une autoroute. Les voyageurs invitent Mahdi à entrer et lui montrent une cabane pleine de courant d'air, mais libre. Ils partagent avec lui un peu de nourriture. Mahdi s'installe. Il déniche de quoi réparer la masure.

Il calfeutre comme il peut les ouvertures avec de vieilles planches et des morceaux de bâches plastiques. Il se confectionne un lit de fortune avec deux palettes de bois. Un voyageur lui a trouvé un matelas défoncé et une couverture. La chaleur en moins c'est presque aussi confortable qu'en Espagne. Il passe une nuit peu reposante. Il n'a toujours pas de nouvelle d'Ousmane. Il s'inquiète pour lui. Ne connaissant personne il se méfie. Constamment sur le qui-vive. Il a du mal à s'habituer au bruit continu des voitures.

Demain, il devrait rencontrer des personnes qui s'occupent des voyageurs comme lui. Il remonte sur ses épaules la couverture usée. Il repose sa tête sur son sac. Il vérifie qu'il n'a pas perdu la boussole puis il attend le sommeil. Dans le matin froid chargé d'humidité, il se lève et range ses affaires. Il retrouve d'autres aventuriers autour d'un brasero improvisé dans un vieux bidon. Il essaie de se réchauffer. Il regarde vers le ciel.

Le soleil timide tente une percée. Ses rayons transpercent les nuages pour frapper directement les hautes tours de verre et d'acier et se divisent en mille feux. Mais la lumière éclatante a du mal à atteindre les bas-fonds de la ville.

En début de journée, des personnes inconnues arrivent au camp pour discuter avec les voyageurs. Mahdi rencontre Alain. Un homme bien plus âgé que lui avec les cheveux blancs et une barbe grise et buissonnante qui lui mange la bouche et descend bien au-delà du menton. Affable, il possède une parole douce et calme.

Mahdi lui raconte volontiers son histoire et le but de son périple. Il évoque tristement la mort de ses parents et la disparition tragique de son ami Alioune. Ses yeux s'emplissent de larmes et sa voix tremble quand il se remémore ces disparitions. Il parle de son pays, de sa ville et de sa famille.

Alain prend quelques notes, mais écoute avec bienveillance les paroles de Mahdi. Il s'étonne et semble curieux lorsque le jeune homme raconte l'objectif de son voyage. Il lui demande s'il peut voir le compas et le mot qui l'accompagne. Mahdi sort l'étui de cuir, l'ouvre et en retire la lettre et la boussole. Alain déplie la feuille méticuleusement et la parcourt avec intérêt. Il prend bien soin de la remettre en suivant bien les lignes de plis déjà marquées. Il prend le compas dans le creux de sa main. Il le regarde attentivement et le saisit entre deux doigts pour le retourner et lire l'inscription. Il le redonne à Mahdi qui le range dans son fourreau. Il y glisse le mot et referme la languette de l'étui.

C'est la première fois qu'Alain fait face à une pareille demande. Il rassure Mahdi et lui promet qu'il va tenter d'obtenir un papier administratif qui lui permet d'aller au bout de son voyage. Il lui indique que retrouver la famille de Michel n'est pas facile, mais il va essayer. Alain et Mahdi remplissent ensemble un formulaire.

Alain donne à Mahdi un sac avec quelques vêtements chauds, un nécessaire d'hygiène et un peu de nourriture. Il se donne rendez-vous au siège de l'association d'Alain pour compléter le dossier et effectuer des recherches. Mahdi le salue d'un sourire et d'un geste de la main quand il quitte le camp avec les autres bénévoles.

Pendant les quelques jours qui ont suivi, Mahdi, avec l'aide de quelques voyageurs, consolide sa cabane. Il déniche également un petit travail dans un entrepôt non loin de là. Il attend toujours des nouvelles d'Ousmane, mais rien. Son téléphone reste désespérément muet. Mahdi va régulièrement au bureau de l'association. Il s'entretient avec Alain. Ils complètent son dossier et tentent de trouver un moyen pour retracer l'histoire de son ancêtre René-Jean et celle de Michel. Les jours passent. L'Administration ne répond pas. Mahdi ne se décourage pas. Épaulé par Alain et les autres membres, il a gagné une famille.

Tout bascule un matin. Le soleil est à peine levé quand des hommes en uniforme font irruption dans le bidonville. Sans aucune retenue, ils arrachent les portes bricolées des cabanes. Ils renversent tout. Ils tirent violemment les voyageurs par les bras et les sortent de leurs abris. Des ordres et des aboiements. Des cris et des hurlements.

Mahdi a juste le temps de passer un vêtement chaud, de récupérer son téléphone et d'attraper un sac. Tout le monde est rassemblé au milieu du camp puis poussé vers des bus garés non loin de là. Dans le véhicule, Mahdi, sonné et à moitié assoupi, regarde défiler la ville qui sommeille encore par la fenêtre embuée. Il est très tôt quand ils arrivent au centre de rétention.

Les voyageurs descendent. Les hautes portes se referment. Les murs sont surmontés de grillages et de caméras. Ils sont répartis dans des chambres. Mahdi entre dans un dortoir avec six lits superposés en fer. Il pose les quelques affaires qu'il a prises à la hâte et se couche sur l'un d'eux. Il regarde le ciel par la petite fenêtre à barreaux.

Il passe le reste de la journée à tenter d'appeler Alain et son association. Il n'arrive pas à accéder au réseau. Les gardiens distribuent de l'eau et des plateaux-repas. Ils donnent également aux aventuriers de quoi se laver. Le chef leur indique qu'ils les retiennent ici, car ils sont des voyageurs sans autorisations. Ils demeurent enfermés tant que leur situation n'est pas clarifiée. Ils vont voir un représentant de l'Administration rapidement.

À l'hôpital, Mahdi ne s'est pas beaucoup confié. L'équipe médicale se montrait pourtant attentive et bienveillante avec lui. Il a rencontré plusieurs médecins et une psychologue. Tout le monde essayait de comprendre son geste. Mahdi s'est muré dans le silence jusqu'au jour où un infirmier lui a rapporté son sac et ses affaires personnelles.

Frénétiquement, il l'a cherchée. Dans la poche cachée, il a retrouvé la boussole. Il a récupéré également son téléphone. Toujours pas de message d'Ousmane. Par contre, il y en avait un d'Alain. Il disait qu'il savait où il était retenu et qu'il avait des nouvelles à lui donner.

À partir de ce moment-là, il est devenu un peu plus bavard. Il a raconté son histoire plusieurs fois. Le personnel s'était pris d'affection pour ce voyageur venu de si loin et perdu dans ce monde. Mahdi, affaibli, ne mangeait pas beaucoup. Après la toilette et les soins du matin, il passait beaucoup de temps à imaginer la ville par les fenêtres de la chambre.

Il était couché sur le côté. Les genoux repliés et une main sous son oreiller. Enclin au vague à l'âme, il se cloîtrait dans le silence. Il pensait très fort à ses parents. Petit, il attendait avec impatience les visites au dispensaire de Saint-Louis. Il retrouvait ce mélange d'odeurs. Un parfum subtil constitué avec des produits aseptisant et nettoyants, mêlé aux effluves des plats cuisinés qui s'échappent des chariots.

Ces parents lui manquaient beaucoup. Il aimait prendre la main d'Amy pour aller au marché. Il accompagnait fièrement son père jusqu'à sa barque de pêche en l'aidant à porter le filet réparé la veille. De sa fenêtre, il voyait seulement les derniers étages de grands immeubles alentour et les branches des arbres tourmentés par le vent. Il sentait les battements de la ville souffler derrière la baie cette complainte mélancolique :

Quand tu t'approches et chuchotes derrière la vitre.
Je regarde tes yeux par millier briller dans le noir.
Quand tu t'agites et entonnes le chant des bélîtres.
Je m'envolerais pour hurler mon désespoir.

Tu t'apaises et te reposes dans le petit matin.
J'effacerais ce poids de ma mémoire.
Tu reprends vite ta course folle avec entrain.
Je voudrais puiser en toi la force de croire.

XV – LE JOURNAL, HIVER 2019

Un matin, Mahdi voit débarquer dans sa chambre Alain accompagné par une personne qu'il ne connaît pas. Mahdi est surpris. Les retrouvailles sincères et heureuses avec Alain remuent beaucoup Mahdi. Alain présente rapidement la femme avec qui il est entré.

Carole est journaliste dans un quotidien national et s'intéresse aux voyageurs. Elle est particulièrement touchée par l'histoire de Mahdi. Carole semble bien plus jeune qu'Alain. Elle cache derrière ses lunettes en forme d'ailes de papillons de grands yeux verts clairs. Une peau très blanche à la finesse d'un pétale de fleur. Ses lèvres sont maquillées d'un rouge léger. De longs cheveux très bruns, presque noirs, lui descendent sur ses épaules. Mahdi tombe sous le charme.

Alain explique à Mahdi qu'il doit garder espoir et qu'il devrait obtenir les papiers rapidement. Carole souhaiterait écrire un article sur lui si ça lui convient. Mahdi, comme hypnotisé, ne dit rien, mais il ne comprend pas très bien comment les lecteurs du journal pourraient être captivés par son histoire.

Alain reprend en faisant entendre à Mahdi que le texte pourrait l'aider à récupérer plus vite les autorisations pour circuler et que ça faciliterait sa quête. Au bout d'un moment et d'un long silence, Mahdi accepte la proposition. Carole lui suggère de commencer dès à présent pour une publication du papier le lendemain.

Elle pose son petit ordinateur sur la table. Elle l'ouvre et tape quelques mots. Mahdi débute son histoire à la mort de ses parents. La journaliste l'écoute avec curiosité et frappe vite sur le clavier. Pendant ce temps, Alain est sorti de la pièce pour aller chercher des boissons chaudes.

Carole se concentre sur toutes les paroles prononcées par Mahdi. Elle l'interrompt de temps en temps pour le questionner, ou bien pour lui demander plus de détails. Au moment où Alain rentre dans la chambre, ils décident de s'octroyer une petite pause.

Mahdi est installé sur son lit et souffle doucement sur le thé que l'infirmière lui a apporté quelques minutes avant. Carole et Alain sont assis sur les fauteuils et boivent un café dans des gobelets blancs. Alain avoue à Mahdi qu'il a dû parlementer avec le gardien en faction devant la porte pour pouvoir entrer.

Mahdi le remercie chaleureusement, mais se demande pourquoi un voyageur comme lui a autant d'intérêt de la part de l'Administration. Carole et Alain sourient. Mahdi se sent rassuré et soulagé d'avoir raconté, une fois de plus, son histoire et son périple. Obtenir un peu de réconfort et d'attention le satisfait grandement.

La matinée passe très vite. Carole referme le capot de son ordinateur. Elle dit qu'elle possède, maintenant, suffisamment de « *matière* » pour écrire son article. Mahdi trouve l'expression curieuse.

Avant qu'elle ne quitte la chambre, il ouvre le tiroir de sa table de chevet et sort la boussole. Il défait l'étui. Il retire et déplie la lettre puis la donne à la journaliste. D'une main, elle réajuste ses lunettes et de l'autre elle attrape le papier pour le lire. Une fois le mot déchiffré, elle le rend à Mahdi.

En échange, il lui tend le compas. Elle s'en saisit et l'observe attentivement. Elle repose l'objet dans la paume de Mahdi. Elle sourit. Lui aussi. Au moment de partir, Carole empoigne un appareil photographique et demande à Mahdi si elle peut illustrer l'article avec quelques clichés. Mahdi acquiesce. Elle en prend plusieurs de lui et d'autres de la boussole et du texte ancien.

Carole et Alain se dirigent vers la sortie. Avant de quitter la pièce, Alain indique à Mahdi revenir très vite avec, espère-t-il, le fameux papier officiel. Mahdi sourit. Il voudrait les embrasser. Il les gratifie d'un signe de la main. La porte se referme. Mahdi s'allonge sur le lit et, pour la première fois, il reprend confiance. Il regarde ses poignets bandés. Il sent des picotements au niveau des cicatrices.

Quand à midi l'infirmière lui apporte son plateau-repas, il se force plus facilement à manger. Il prend un grand verre d'eau et il passe le reste de la journée à consulter et relire le mot écrit de la main de René-Jean. Le soir venu, lorsque la ville s'illumine, il se lève et s'approche de la fenêtre. Il contemple les allées et venues des personnes qui entrent ou sortent de l'établissement. Il admire plus loin les phares des voitures telles des guirlandes.

En haut des immeubles, les annonces publicitaires clignotent pareilles à des signaux de détresse. Une sirène hurle dehors et avance à toute vitesse vers l'hôpital. Avant de se coucher, il regarde l'écran de son téléphone. Pas de nouvelle d'Ousmane. Où peut-il être ? A-t-il besoin d'aide ? Tout à coup, il est saisi par une nouvelle angoisse.

Il essaie une fois de plus de l'appeler. Il n'obtient pas de réponse. Il ne laisse pas de message. Il range son portable avec la boussole et se glisse dans les draps. Il garde juste allumée la veilleuse au-dessus de sa tête. Il espère que le sommeil va venir vite.

Le ciel s'habille de gris quand commence cette nouvelle journée. Mahdi doit toujours rester à l'hôpital. Il occupe une chambre exiguë, mais il y a quand même de la place pour deux malades. De chaque côté deux petit meuble de chevets. Une couleur terne recouvre les murs. La faible lueur du matin pénètre dans la pièce par deux grandes fenêtres coulissantes.

Mahdi est obligé d'allumer la lampe principale. Il y a une rampe de lumière vive au-dessus et, au plafond, un éclairage vacillant d'un blanc jaunit. Dans le coin derrière la porte d'entrée il y a un étroit cabinet de toilette. De l'autre côté, une petite étagère. Face aux lits, il y a un téléviseur accroché à un support. En dessous, deux fauteuils recouverts d'un faux cuir marron. Mahdi est assis et regarde la ville grise. Un jour traînant la mélancolie et le cafard.

C'est la pluie qui frappe les vitres qui le sort de ses songes. Le temps reste maussade et les heures passent très lentement. Alain lui a envoyé un message pour lui dire qu'il devrait lui rendre visite dans la soirée. Mahdi se lève et vient se mettre contre la fenêtre pour contempler la ville.

Il se retourne en sursautant quand la porte s'ouvre brutalement. Des personnes inconnues font irruption dans la chambre. Il y a là deux agents en uniforme, deux hommes en costume sombre et une femme en tailleur gris. Ils ont tous l'air décidé et le visage sévère.

L'un des deux individus défait une serviette de cuir et en sort un journal. Il le jette avec dégoût sur le lit de Mahdi puis il se positionne face à Mahdi et commence à disserter d'une voix forte. Mahdi surpris et inquiet sent son cœur se crisper.

La personne parle vite. Mahdi a du mal à comprendre tous les mots. Il arrive à attraper au vol seulement quelques termes. Une fois son monologue terminé, c'est l'autre homme en costume qui s'adresse à son tour au jeune Mahdi. Il discourt avec un timbre plus chaleureux et articule doucement. Il explique à Mahdi que l'article de journal paru le matin même a eu des répercussions jusqu'au plus haut sommet de l'État. Ils en sont les représentants.

Ils viennent ici pour lui remettre en main propre un document officiel lui permettant de voyager partout en France pendant quelques mois. Il peut partir librement à la recherche de son ancêtre et il peut essayer de retrouver les descendants du compagnon d'armes de son aïeul.

La France peut même, s'il le demande, l'aider à consulter les archives. La femme intervient à son tour et indique à Mahdi que la

République est ravie de le soutenir et qu'il est invité par le Parlement et par le « *Palais* ».

Mahdi n'en revient pas et n'arrive pas à y croire. Il a les yeux écarquillés et la bouche ouverte. Il ne trouve pas les mots et aucun son ne peut sortir de sa gorge. Après un long moment, il esquisse un sourire.

On remet à Mahdi plusieurs enveloppes dont une avec un peu d'argent. On vient lui serrer la main et tout ce petit monde repart aussi vite qu'il est entré. Mahdi tombe assis sur son lit les bras ballants. Il se tourne vers la fenêtre.

Des rayons de soleil transpercent la couverture de nuages en plusieurs endroits. Ils descendent sur la ville en fils lumineux et éblouissants. L'eau de pluie qui ruisselle sur le bitume brille de mille feux. Le jeune garçon ne réalise pas du tout ce qui lui arrive. Il commence à s'en rendre compte quand l'homme de service lui dépose son plateau-repas. Lui, toujours de bonne humeur, entonne, avec un large sourire, un air improvisé à la gloire de Mahdi. Après sa prestation, il lui raconte que l'article de presse a produit l'effet d'une « *bombe* ». Il prend le journal sur le lit et le tend à Mahdi. Il lui dit de le consulter absolument et sans attendre.

Il quitte la pièce en chuchotant sa chanson. Mahdi mange rapidement son repas et s'affale dans l'un des deux fauteuils. Il déplie le quotidien et feuillette vite les premières pages. Il ne tarde pas à découvrir son visage au milieu d'un texte.

Il entame la lecture. En caractères gras et en gros titre, on peut noter « *De l'enfer des soldats dans les tranchées au calvaire de la route des voyageurs* » :

« *L'histoire commence sur le front en mille-neuf-cent-dix-sept. René-Jean est un jeune Sénégalais enrôlé de force pour venir combattre en France. Il travaillait comme pêcheur à Saint-Louis. Il vivait au côté de sa femme et de leur enfant de quelques mois.*

Après une période d'adaptation et de formation du côté de Nice, il est envoyé avec son bataillon dans les lignes du nord. Il s'habitue mal au climat de notre pays. Il a toujours froid et supporte les effroyables conditions de vie.

Lui et ses compagnons suscitent de la moquerie parmi les autres soldats. Ses propos se transforment souvent en humour raciste et déplacé. Il se retrouve au Chemin des Dames et en avril mille-neuf-cent-dix-sept il fait partie de ceux qui participent aux premiers assauts vers les tranchées allemandes. Son bataillon est envoyé d'abord.

Des premières lignes que l'on n'hésite pas à sacrifier au nom de la patrie et du champ d'honneur. Mais que l'on oublie vite et qu'on renvoie chez eux sans beaucoup de considération. Cette bataille terrible et d'une grande brutalité voit beaucoup d'hommes mourir. Beaucoup de compagnons du régiment de René-Jean y perdent la vie. C'est dans cet enfer indescriptible qu'il se retrouve seul entre les deux côtés des tranchées. Il tombe dans un trou d'obus rempli d'eau et de boue. Presque enterré, il sent sa dernière heure arriver. C'est là qu'il trouve un autre soldat blessé. Michel. Il le soigne comme il peut et il réussit à le ramener dans les lignes françaises. Il y avait ce jour-là un brouillard épais et humide. On ne voyait pas à deux mètres.

C'est grâce à la boussole de Michel qu'ils parviennent à rentrer. Michel perd un bras. Les deux hommes sont devenus frères pour toujours dans cette guerre infernale. Michel part se faire soigner à l'arrière et René-Jean continue à combattre encore un peu et finit décoré.

On le renvoie au Sénégal avec sa médaille, ses peurs et ses cauchemars. Il ne revit jamais Michel et il n'a jamais pu lui rendre sa boussole. Tout le reste de sa vie, il regrette de ne pas avoir restitué l'objet. Il ne parle presque jamais de la guerre de France.

Bien des années plus tard, Mahdi, un de ses descendants habitant lui aussi à Saint-Louis, va perdre ses deux parents du SIDA à quelques années d'intervalle. Un jour, il tombe par hasard sur les affaires de René-Jean remisées dans un cabanon. Il déniche dans ces affaires la boussole et un mot qui expliquent comment René-Jean n'a jamais pu le restituer.

Il trouve également de vieilles photographies et la médaille de son ancêtre. C'est ce jour-là qu'il décide de retrouver la trace de Michel, de voir l'endroit où René-Jean s'est battu pour la France et de rendre le compas aux descendants de Michel. Il tente de gagner l'Europe une première fois à quinze ans en transitant par les îles Canaries.

Il est renvoyé au Sénégal. Après plusieurs années, il choisit de repartir par la route difficile des voyageurs qui passe par le Mali, l'Algérie et le Maroc. Son périple lui coûte très cher. Il vit dans les pires conditions. Un trajet dangereux qui le fait grandir trop vite. Mahdi ne répond pas aux sirènes du monde idéalisé et capitaliste de l'Occident, mais s'engage dans une quête de lui-même pour y retrouver ses racines.

Il a perdu ses deux parents et il sent qu'il survit un lien privilégié avec René-Jean. La raison de son périple amuse beaucoup les autres. Elle est très mal perçue des différents aventuriers. Seuls des rêveurs le comprennent et deviennent ses amis. Parmi eux, un décède en route. Il fait face aux mafieux. Aux trafics de voyageurs et aux tempêtes dans le désert. À la méchanceté et à la brutalité des individus qui vendent des êtres humains.

La traversée de la Méditerranée reste pour lui et ses compagnons un calvaire. Il va risquer la mort plusieurs fois. Il ne comprend pas. Pourquoi est-il impossible de déplacer librement dans ce monde pour y trouver des réponses et pouvoir dessiner son arbre de vie ? Il va travailler dur comme esclaves dans les serres d'Andalousie pour gagner un peu d'argent et payer son passage vers la France. Il donne beaucoup de sa sueur pour que poussent les tomates noires du "jardin" de l'Europe.

Arrivé en France et à Paris, il rejoint un camp de voyageurs. Il vient en grossir le nombre d'habitants. Un bidonville indigne. Sale, froid et humide. Il survit grâce à des petits travaux. Il va rencontrer une association de soutien aux visiteurs qui l'aide à obtenir un visa temporaire. Mais un matin, le lieu est vidé sans ménagement et les aventuriers sont envoyés dans un centre de rétention. Mahdi est enfermé depuis plusieurs semaines. Fatigué et découragé, Mahdi n'en peut plus. Il renonce à son projet et choisit de retrouver directement et sans attendre ses parents et son ancêtre. Il va décider de mettre fin à ses jours dans les douches froides de l'établissement. Heureusement, il est secouru et conduit à l'hôpital.

Comment la France peut-elle rester si indifférente à un destin comme celui de Mahdi ? Comment la France ose-t-elle mépriser un homme à la recherche de son passé ? Un de ces ancêtres s'est battu pour nos fils ? Sauvons Mahdi au nom de tous les enfants dont les pères sont allés sur le front pour la liberté de la nation. Ils sont arrivés de gré ou de force, de pays lointains, pour délivrer la République. Il faut épargner tous les voyageurs.

Les soldats africains ainsi que ceux originaires des anciennes colonies sont venus combattre en France et ont été renvoyés chez eux sans beaucoup de considération. Beaucoup sont morts loin de leur village et de leur famille au nom de la France. Leur sang a aussi nourri la terre de France.

Quand un jeune garçon arrive de si loin pour rendre hommage aux guerriers et marcher vers la mémoire, la République doit répondre présente et dérouler le tapis rouge. Avec cet article, je lance un appel à nos responsables. Il faut soutenir Mahdi. Il est actuellement bien soigné à l'hôpital. Le gouvernement français doit contribuer à ce qu'il puisse accomplir sa mission et prouver que l'Histoire à un sens.

On ne doit pas oublier tous ces hommes venus combattre pour la liberté du peuple. Une association bénévole épaule Mahdi dans sa quête. Elle l'aide dans ses démarches, mais il faut qu'il puisse rapidement obtenir un laissez-passer officiel. »

Mahdi regarde les deux photographies qui illustrent l'article. Sur la première, on peut le voir. Il se tient debout dans sa chambre d'hôpital et prend dans sa main l'étui de la boussole et l'image jaunie de René-Jean.

Il ne semble pas si heureux. Il a l'air fatigué. Le second cliché montre en gros plan le compas posé sur le court mot écrit de la main de René-Jean. Mahdi referme le journal. Il esquisse un rictus de joie. Il pense qu'il va peut-être pouvoir réussir son voyage.

Il décide d'appeler sa tante Rokhaya. Mahdi est très ému. Sa voix hésite quand il raconte tout à Rokhaya. Pendant que Mahdi téléphone et parle avec elle, Alain, tout sourire, entre dans la pièce en donnant de petits coups sur la porte avec ses doigts. Après avoir raccroché, il songe à René-Jean et à Michel. Alain s'assoit dans le fauteuil et lit le quotidien à son tour.

XVI – HOPITAL DE CAMPAGNE, PRINTEMPS 1917

Après les offensives meurtrières lancées depuis avril, les blessés affluent par centaines. Les médecins et le personnel médical sont submergés. Les lits manquent. Les médicaments aussi.

En attendant d'être soignés, les soldats sont entassés dans de grandes salles. Ils sont triés selon la gravité de leur état. Un hall de larmes et de souffrances. Les hurlements et les cris de douleur deviennent insupportables. L'odeur de sang et de chair brûlée donne la nausée. L'antichambre de la mort.

Les conditions d'hygiène sont maintenues par les infirmières, les brancardiers et les médecins à bout de fatigue. Les cas de gangrènes sont nombreux. La puanteur insoutenable. Une équipe prend en charge les cadavres tous les matins.

Michel arrive à l'hôpital un soir. Son bras le fait atrocement souffrir. On le dépose sans beaucoup de ménagement. Il reste là pendant des heures avant qu'une soignante ne s'occupe un peu de lui. Elle tente de le rassurer, mais elle ne trouve plus rien contre la douleur.

Elle renouvelle rapidement son pansement. Il faut qu'il patiente encore. Elle lui donne un gobelet avec de l'eau. Autour de lui, il y a des dizaines de gueules cabossées, de membres manquants et de bandes ensanglantées. Les regards des hommes proches de lui restent hagards. Des soldats étourdis et éteints.

La toux continue des combattants gazés vous vrille les oreilles et vous soulève le cœur. Michel est assis sur sa civière posée à même le sol. Il arrive tant bien que mal à pousser sur ses jambes pour se mettre vers l'arrière et s'adosser au mur. Il boit doucement. Il finit par sombrer dans une légère somnolence entrecoupée par les râles des blessés qui l'entourent.

Au petit matin, deux ambulanciers saisissent et soulèvent le brancard de Michel. Les soubresauts du transport lui font un mal terrible du côté de sa main arrachée. Il est déposé dans une salle de soin transformée en bloc opératoire. Il y a autour de lui deux médecins et une infirmière. L'un des deux hommes semble très jeune. Le plus âgé donne ses ordres. Les vêtements du haut du corps de Michel sont enlevés ou découpés. Il ne fait pas très chaud.

Michel est parcouru par un frisson tout le long de son dos. Il est allongé sur la table d'opération à l'écoute de tous les mouvements et de tous les bruits autour de lui. Le médecin se penche au-dessus de lui pour lui annoncer que son avant-bras est presque arraché et qu'il va être obligé de le lui couper près du coude.

Il porte une paire de lunettes cerclées de fer et une petite barbe finement taillée en biseau. Il est fortement imprégné de l'odeur de l'hôpital. Un mélange d'éther et de chloroforme. Le chirurgien rompu à cet exercice ne perd pas une minute. Michel a tellement mal qu'il ne sent pas les piqûres localisées d'un produit anesthésique. Il ne veut pas voir. Il tourne la tête de l'autre côté et demande à la soignante si elle peut lui boucher les oreilles. Rien que d'entendre la préparation des instruments pour l'opération, Michel croit défaillir. L'infirmière trouve rapidement de quoi lui obstruer les conduits auditifs.

Il est pris d'un malaise au moment où le jeune médecin lui sangle le bras et qu'il serre du plus fort qu'il peut. Michel s'évanouit. Il se réveille alité sur une couche de fer. Il sort doucement de sa léthargie. Il observe le plafond puis il regarde à droite et à gauche. Il s'agit d'un dortoir d'au moins quarante places. Toutes sont occupées.

Les sœurs et les infirmières s'affairent autour des blessés. Des paravents amovibles recouverts d'une toile blanche légèrement froncée permettent d'isoler des patients. Il a très soif. Il essaie de se redresser, mais il n'y parvient pas. Trop faible. Il ne sent pas son bras droit ; ou ce qu'il en reste. Il ne voit qu'un énorme bandage qui l'entoure.

Quand une infirmière passe à sa hauteur, il lui demande d'une voix sèche et heurtée s'il peut obtenir un peu d'eau. Elle acquiesce et réapparaît un peu plus tard avec un gobelet. Elle le met sur la tablette. Elle prend Michel sous les aisselles pour le rehausser et l'asseoir. Elle se saisit de la timbale et l'approche des lèvres de Michel. Il ressent un goût du métal froid et désagréable, mais lorsque le liquide arrive dans sa bouche puis descend dans sa gorge il est soulagé. Il boit tout le contenu. La soignante le repose et appuie Michel aux barreaux. Elle lui indique qu'elle revient bientôt pour les traitements et le repas. Le médecin devrait entamer sa visite en fin de soirée s'il peut ou demain.

Dans l'un des lits à côté du sien, il distingue un combattant couvert de bandage de la tête aux pieds. On ne discerne de lui que ses lèvres et ses yeux. De l'autre côté, un homme lit une lettre. Il arbore un gros pansement sur l'oreille droite.

Michel passe le reste de la journée à penser à sa famille. Sa chère Andrée et son tout jeune fils Jean âgé de deux ans seulement. Il songe aussi à René-Jean, son sauveur venu du Sénégal.

Quand l'heure des soins arrive, Michel demande s'il est possible d'obtenir quelque chose contre la douleur. Il se plaint que son bras le lance et qu'il lui fait un mal de chien. L'infirmière essaie de le rassurer, mais elle lui explique qu'il y a une rupture de médicaments. Elle devrait en recevoir dans la semaine si tout va bien. Il n'est pas un patient prioritaire, précise-t-elle froidement. Michel serre les dents. Il tente d'oublier ses souffrances au moment du repas.

C'est à ce moment qu'il prend vraiment conscience qu'il a perdu un bras et qu'il doit commencer à apprendre à utiliser sa main gauche. Il profite de la collation pour entamer la conversation avec son voisin. L'homme au pansement sur l'oreille. Il explique à Michel qu'il a reçu un éclat qui la lui a emportée. Il campe là depuis une semaine et il devrait partir bientôt dans un autre établissement pour sa convalescence.

Après des jours dans les tranchées à manger froid la plupart du temps, Michel se satisfait de ce repas chaud. Les nuits à l'hôpital deviennent longues quand il faut supporter les douleurs, les cris et les gémissements. Michel dort peu.

Au loin, il entend le bruit sourd des canons qui crachent et le sifflement des obus. Il pense à René-Jean et au trou qui a bien failli les garder pour toujours. Il a hâte de repartir vers l'arrière pour oublier tout ça.

L'homme alité à côté de lui et couvert de bandage meurt quelques jours plus tard. Son transfert est prévu vers la fin du mois de mai dans un train affrété spécialement pour les blessés. Il lutte sans cesse contre la douleur insupportable au niveau de son bras manquant. Il arrive de temps en temps à avaler un médicament pour l'apaiser.

D'après le médecin, la cicatrisation se passe bien. Pour occuper son temps, il entraîne sa main gauche. Une infirmière lui a procuré quelques feuilles, de l'encre et une plume.

En bon instituteur, il s'applique à lui-même les préceptes qu'ils enseignaient à ses élèves découvrant l'écriture. Il éprouve beaucoup de difficultés au début, mais sa ténacité paie. Il veut absolument pouvoir rédiger une lettre à sa femme.

Il s'astreint à des pages d'essai. Son voisin de chambrée se moque gentiment de lui, mais il admire sa persévérance et pendant que Michel trace des lignes il lui lit le journal. Il lui donne des nouvelles du front. Si loin maintenant, mais si proche pourtant.

Ce n'est pas de l'orage qui les réveille la nuit, mais bien le bruit d'une guerre sans fin qui déverse un flot continu de feu et d'acier.

À l'hôpital, les blessés et les mourants défilent sans arrêt. Un matin frais du mois de mai et après les soins, Michel note un calme et un apaisement autour de lui. Par une fenêtre légèrement entrouverte, il lui semble même entendre le gazouillis d'un oiseau. Il se dit en souriant qu'après la tempête, le beau temps et le soleil peuvent revenir. Il en profite pour prendre une feuille blanche. Il écrit doucement, en s'appliquant du mieux qu'il peut, une lettre à sa femme Andrée :

« Ma très chère Andrée, déjà tant de jours si loin de toi et de notre enfant. Je ne comprends plus cette folie qui s'est emparée du monde des hommes. Si l'enfer existe, il se montre ici. Tout apparaît sombre, noir et rouge. Combien de morts pour quelques arpents de terre dévastée ? Combien de vies sacrifiées sur l'autel de la patrie ? Combien de soldats pour nourrir ce sol maudit ?

Je pense à notre jardin et à la roseraie que tu aimes tant. Son parfum enivrant et ses couleurs éclatantes. J'imagine mon potager dont je tirais les bienfaits avec bonheur. Hélas, je ne supporte plus la terre. L'humidité me ronge. L'école, elle aussi me manque. L'odeur de la craie, du papier et de l'encre. Les tableaux noirs et la leçon du jour. La cour et ses marronniers. L'insouciance, la joie et les folles rondes des enfants.

J'espère que tu as bien reçu ma dernière lettre. Je ne souhaitais pas que tu t'inquiètes. J'ai bien été pris en charge par le poste de secours infirmier puis par l'hôpital de la ville. Je supporte à peine les douleurs malgré l'amputation. La morphine est rationnée. Ne m'en veux pas pour cette écriture. Tu ne la reconnais pas. Pour composer de la main gauche, mon habileté doit encore progresser et j'ai du mal à me concentrer. Je m'applique du mieux que je peux et je m'exerce tous les jours.

Je suis bien soigné. Je devrais bientôt rentrer. Je n'ai pas de nouvelles de René-Jean ; l'homme qui m'a sauvé la vie. J'aimerais tant pouvoir le retrouver et le remercier. Il est Sénégalais.

Tout est allé si vite quand on m'a évacué vers l'arrière. En plus, presque évanoui, je ne me souviens de rien.

Cette terre abandonnée a englouti de nombreux soldats. Ce sol souillé de sang et de larmes ne m'a pris qu'un seul bras. Terrible guerre !

Je t'embrasse tendrement. Bise bien notre enfant. Ton aimé, Michel. »

XVII — RETOUR AU SENEGAL, ETE 1919

René-Jean va encore passer plusieurs mois dans l'enfer des tranchées. Les rats et l'humidité comme quotidien. Malgré plusieurs fortes poussées de fièvre, il monte quand même au front. Il ne sait plus combien de ses frères d'armes sont restés dans la terre de France.

À la fin de cette guerre, il ne sent plus Homme. Il est devenu un animal des tranchées. La lutte des hommes a engendré une bête. Il a des yeux de fou. Il monte à l'assaut en hurlant. Il tire avec son fusil dans les lignes ennemies sans discernement.

Parfois, ce sont des combats au corps à corps qui obligent René-Jean à saisir sa baïonnette et à asséner directement les coups mortels. Il peut sentir le souffle de son adversaire sur lui et voir son visage et son regard.

Au retour dans ses tranchées il tremble et vomit. Le calvaire se termine pour René-Jean à la fin de l'été mille-neuf-cent-dix-huit. Son bataillon complètement décimé se replie vers l'arrière. Le jour où son chef le lui annonce, René-Jean ne le croit pas. Il garde en lui de la défiance. Mais cette fois, c'est vrai, il va pouvoir rentrer.

— Comment se remettre de cette guerre ?

En rassemblant ses affaires dans son sac, il retrouve la boussole de Michel. Il la nettoie puis la range délicatement dans son étui. Il place le tout dans une vieille étoffe.

Durant toutes ses années, il a souvent pensé à Michel. Il ne sait pas comment il peut lui rendre le compas. Épuisé et infesté de vermine, il quitte cette terre maudite. Vers l'arrière, lui et ses compagnons survivants trouvent de quoi se restaurer, se laver et se changer. Ils sont d'abord débarrassés de leur parasite et le service médical soigne les blessures.

Une cérémonie est organisée à la sauvette pour les récompenser. Ils sont toujours un peu placés à l'écart des autres soldats qui restent méfiants envers eux. Ils ont pourtant lutté ensemble et dans des conditions similaires, sauvages et inhumaines. René-Jean reçoit une médaille militaire. En lui serrant la main le gradé reconnaît son dévouement et son courage. Il fait même mention du combattant qu'il a sauvé.

Dans ce casernement, il retrouve, par hasard, le photographe de guerre. Il lui donne avec plaisir un tirage. Celle de lui et Michel tout juste échappés de leur trou. C'était après leur marche dans un épais brouillard. Ils ont pu en sortir indemnes grâce à la boussole.

René-Jean se montre plus heureux de recevoir cette image que la médaille. Il ne se lasse pas de la regarder. À plusieurs occasions, il a voulu tout arrêter et retourner chez lui, mais il a assisté deux fois à des exécutions pour désertion. Il a renoncé. Il pensait que ce conflit ne finirait jamais et qu'il resterait ici.

Durant ce séjour en arrière du front, René-Jean a cherché à prendre des nouvelles de Michel. Personne ne pouvait le renseigner. Il est parti déçu et triste. Un peu plus loin du théâtre de la guerre, il faut retrouver un semblant de vie normale.

René-Jean ne trouve pas le sommeil. Des cauchemars hantent ses nuits. Il se réveille souvent en sueur et ses mains tremblent. De l'autre côté de la caserne, on enterre les morts. Un champ d'agonie. Un chant pour les âmes tombées durant la bataille.

René-Jean et ses compagnons sont restés à l'arrière pendant plusieurs jours avant de prendre un train pour Paris puis le sud de la France. Ils se sont retrouvés dans le camp d'acclimatation qu'ils avaient connu en arrivant du Sénégal. René-Jean commence un peu à sortir de la guerre et s'autorise à penser à son retour au Sénégal. Il songe à sa femme et à son enfant. Il imagine son océan, son bateau et ses filets. Il sourit en voyant les poissons cuits et mangés directement sur la plage et les pieds dans le sable.

René-Jean embarque à bord d'un navire en partance pour le Sénégal durant l'été mille-neuf-cent-dix-neuf. De tous ses frères engagés au début de la guerre, il n'en reste plus qu'une centaine à rentrer au pays avec ce bateau.

XVIII — TOURS, HIVER 2020

Comme tous les matins de la semaine, Pierre est assis dans son bar. Il a ses habitudes. Il y a des années qu'il vient ici à pied. Il regarde d'un air préoccupé et sérieux sa barbe naissante dans le miroir de la salle. Puis ses yeux sourient quand il croit voir son ancêtre Michel. Il faut qu'il appelle son père Arnaud aujourd'hui !

Il aime ce moment avant de commencer son travail. Il vient s'installer devant la baie vitrée sur une banquette en faux cuir marron. Au-dessus, une moulure de bois et une immense glace. Tout le bar s'y reflète et laisse l'impression d'un local profond. Il y a peu de monde ce matin.

Quelques habitués comme Pierre qui prennent un café bien serré avant d'aller œuvrer. Dans la salle, ça sent bon l'arabica. Le percolateur siffle et donne le ton. Les cuillères tournent et répondent en se frottant à la céramique des tasses. Sur le comptoir, il y a deux corbeilles posées et remplies de viennoiseries tout juste livrées par le boulanger d'à côté. Elles dégagent une odeur de croissant chaud. Les gens se saluent, mais parlent peu.

Des clients pressés avalent d'un trait leur boisson au bar, laissent la monnaie et repartent aussi vite qu'ils sont arrivés. Au fond de la salle, un téléviseur perché regarde vers la rue. Éteint. Juste à côté et un peu plus bas, une table sert de desserte pour les couverts, les assiettes et les verres du repas de midi. Pierre tourne rapidement la cuillère dans sa tasse. Il réalise le geste machinalement, car il ne prend pas de sucre. Il saisit la minuscule anse et porte à ses lèvres, la porcelaine froide. Le café brûlant s'écoule dans sa bouche. Un filet glisse de la commissure de ses lèvres sur son menton et finit sur son petit ventre. Le pull-over est taché. Après deux petites gorgées, il repose la tasse dans la coupelle puis s'essuie le coin des lèvres.

Il sort le journal de sa sacoche de cuir et le déplie devant lui. De son étui à lunettes, il prend un chiffon doux puis il retire d'une main ses montures et commence le nettoyage. Il aime le contact des oculaires bombés et fins entre ses doigts et le tissu. Il fait passer toute la surface d'un verre puis il change de côté. Il regarde vers l'extérieur la ville qui s'éveille tranquillement. Il remet ses lorgnons et débute la lecture du journal.

Comme à son habitude, les gros titres d'abord puis le décodage consciencieux des articles. En page trois, un texte attire son attention. Il est intitulé « *De l'enfer des soldats dans les tranchées au calvaire de la route des voyageurs* ». Il s'intéresse particulièrement à la politique et aux faits de société. Sa fille Léa, âgée de dix ans, prépare un exposé sur la première guerre mondiale avec sa classe.

Quand il déchiffre l'article, il repense tout de suite à l'histoire de son ancêtre Michel. Il connaît par cœur son passé et la perte de son bras. Son salut dû à un tirailleur sénégalais et sa recherche vaine de le retrouver.

C'est son père, Arnaud, qu'il lui avait raconté d'abord. Son aïeul Jean lui en avait beaucoup parlé également. Vers la fin de sa vie, il radotait un peu, mais il paraissait très lucide lorsqu'il narrait l'histoire de Michel. Pierre avait conservé toutes les photographies et toutes les lettres.

De temps en temps, il regardait les clichés. Mais il les avait sortis, car sa fille travaillait sur le sujet. À l'occasion, il ouvrait une missive pour la lire avec nostalgie. Au fur et à mesure que Pierre consultait l'article, il devenait évident que cette histoire le concernait directement. C'était incroyable pour Pierre. Il n'en revenait pas.

— La vie joue parfois de drôle de tour !

Il sourit. Il replie son quotidien et le glisse dans sa sacoche. Il laisse sur la table le montant exact de son café en petite monnaie. Il salue le patron d'un signe de la main et sort. Il rejoint son boulot.

La journée passe et Pierre n'arrête pas de penser à cet article et à cette histoire. Le soir venu, il quitte son travail et rentre chez lui. Il emprunte le pont Napoléon. Le soleil commence à descendre. Sa lumière jaune, presque orangée, éclaire les eaux calmes de la Loire. Des milliers de petits éclats éphémères qui suivent le courant. Il s'arrête au milieu du pont juste au-dessus de l'île Simon et regarde le spectacle du couchant jouant avec le fleuve.

Ce soir, il se sent heureux. Il prend son temps pour arriver chez lui. Quand il entre dans la maison, le calme règne. Les enfants, Léa et Enzo, s'occupent dans leur chambre et sa femme, Stéphanie, rentre tard. Léa hésite encore un peu entre l'enfance et l'adolescence. Grande et attentive à son apparence quand elle part pour l'école, elle redevient petite fille à la maison. Son frère aîné Enzo se moque d'elle et la pousse souvent à bout, mais il veille sur elle. Lui rêve d'indépendance et de fille. Il partage sa vie entre le lycée, les amis et le sport. Il a toujours un regard appuyé dans le miroir de l'entrée avant de sortir. Ils ont en commun de belles éphélides.

Stéphanie, leur mère et la femme de Pierre, est dynamique et pressée. Elle court de la maison à son travail et de son travail à la maison. Elle adore son emploi et y passe beaucoup de temps. Trop pour Pierre.

Ils habitent dans un vieux quartier résidentiel de Tours. Non loin de la Loire. Une maison de ville bourgeoise de deux étages construite en tuffeau et coiffée d'un toit d'ardoises.

À l'arrière de la demeure, il y a un petit espace clos et arboré. Il garde l'humidité et la fraîcheur l'hiver, mais il fournit de l'ombre l'été. Depuis l'intérieur de la bâtisse, une grande baie vitrée donne sur le jardin. Il pose ses affaires sur la console dans l'entrée et sort le journal qu'il met sur la table du salon.

Il grimpe à l'étage et pénètre successivement dans la chambre des enfants. Léa, allongée à plat ventre sur son lit, les pieds relevés, semble dire un poème à haute voix. Elle tourne la tête. Pierre l'embrasse sur le front. Elle sourit, lui indique que ce n'est pas le moment et reprend sa récitation. Pierre referme la porte et se dirige vers celle de son fils. Il frappe. Une voix grave l'invite à entrer. Enzo, assis à son bureau, a les yeux rivés sur l'écran de son ordinateur. Il lève la tête, se retourne et se met debout. Ils s'embrassent et échangent quelques mots sur leur journée. L'un au lycée et l'autre au boulot. Pierre quitte la pièce, emprunte le couloir et descend l'escalier de bois.

Il file dans la cuisine. Il se saisit d'une bouteille de vin blanc à demi vide dans le réfrigérateur. Il ôte le bouchon de liège et la pose sur le plan de travail. Il ouvre le placard à la porte vitrée et prend un verre à pied au bord droit et aux fines ciselures en forme de feuilles de vigne. Il le remplit de frais nectar. Il rebouche le flacon puis il la remise. Il boit une gorgée et savoure ce moment. Il commence la préparation du repas.

Quand c'est terminé, une bonne demi-heure plus tard, il allume le four, baisse la paroi et y dépose le plat. Il referme la porte vitrée et règle la puissance de cuisson. Il se saisit de son verre, attrape son journal en passant et se laisse tomber dans son canapé. Il déplie le quotidien et se rend directement sur l'article qui l'intéresse. Il le lit plusieurs fois en alternant avec quelques petites lampées de vin. Il n'arrive toujours pas à croire ce qu'il consulte. Une fois son hanap vidé, il le cale sur le guéridon.

Il se lève et ouvre une grande armoire de chêne. Il en sort une boîte en carton remplie de portraits anciens et la met sur la table de la salle à manger. Les images sont bien classées et rangées dans des sachets de papier. Il retire une enveloppe sur laquelle sont inscrits « *Andrée et Michel* ». Il la décachète et prend les clichés. Il les regarde avec tendresse. Il sourit. Quand il entend Léa descendre les escaliers en sautant les marches deux par deux, il pose le paquet de photographies et se dirige vers la cuisine. Ils mettent la table tous les deux en se racontant leur journée.

C'est Léa qui converse le plus. Elle bavarde et décrit son emploi du temps en détail en n'oubliant pas toutes les anecdotes avec ses amies de classe. Pierre parle un peu de son travail, mais indique à Léa qu'il tient une histoire à relater à elle, son frère et leur mère. Léa se montre intriguée et curieuse. Elle fonce chercher son Enzo.

Tout le monde s'installe autour de la table pour partager le repas du soir préparé par Pierre. Stéphanie va trouver de quoi se restaurer quand elle va rentrer. Enzo pose son téléphone sur le comptoir. Il sait combien son père déteste qu'il mange avec.

Enzo se moque avec tendresse de sa sœur tout en dévorant une pleine assiette. Entre deux bouchées, il raconte un peu le lycée et les cours. Il parle beaucoup des camarades. Sans oublier de rappeler le match de son club ce week-end.

À la fin du repas, Pierre évoque l'article du journal et la similitude troublante avec la propre histoire de leur ancêtre Michel. Léa reste bouche bée et Enzo trouve ça étonnant. Il file dans le salon prendre le quotidien et commence la lecture à haute voix. Elle, qui travaille sur le sujet, est directement concernée. Léa et Enzo connaissent bien le passé de Michel. Leur grand-père, Arnaud, raconte très souvent le roman familial. Enzo demande à Pierre ce qu'il compte décider. Il déclare qu'il a déjà récupéré le nom de la journaliste et qu'il va essayer de l'appeler.

Tous les trois finissent le repas autour d'un reste de tarte aux pommes tout en parlant de cet article. Léa voudrait bien rencontrer ce Mahdi. Elle songe à ce récit qu'elle va pouvoir raconter à ses amies et à son professeur d'histoire. L'exposé sur la Première Guerre mondiale prend un grand intérêt pour Léa. Enzo quant à lui, pense effectuer des recherches sur internet pour aider son père à récupérer les coordonnées de la journaliste.

Quand le repas est terminé, ils s'acquittent chacun d'une tâche pour ranger la cuisine ou nettoyer la table. Léa, Enzo et Pierre parlent encore de cette histoire. Pierre évoque aussi le périple dur et éprouvant qu'a dû endurer Mahdi. Et plus largement les conditions difficiles des voyageurs.

Dans le salon, Léa trouve les portraits étalés. Elle pose des dizaines de questions à son père. Enzo est reparti dans son repère, mais avant il a glissé dans la poche de Pierre le nom de la journaliste qu'il a griffonné sur un morceau d'enveloppe déchirée.

Quand la séance de visualisation des clichés est terminée, Léa grimpe dans sa chambre. Pierre range les photographies et la boîte dans l'armoire. Il monte le volume de la radio et cale la fréquence sur son émission préférée. Pierre entend les allées et venues à l'étage, le passage par la salle de bain et les toilettes puis le calme revient.

Deux « *bonsoirs* » et une « *bonne nuit* » descendent depuis l'escalier. Pierre répond et prend un bouquin. Il allume la petite lampe près de la fenêtre. Il ajuste ses lunettes et commence à lire. Il est très tard quand Stéphanie rentre à la maison.

Elle met son sac sur la console de l'entrée et accroche son manteau. Elle pénètre dans le salon et trouve Pierre endormi dans un fauteuil, un livre ouvert sur le ventre. Elle dépose un baiser sur son front puis sur ses lèvres puis se dirige dans la cuisine pour se restaurer.

Elle fait réchauffer une petite portion des restes du dîner et l'accompagne d'un demi-verre de vin. Un Saint-Nicolas-de-Bourgueil qu'elle adore. Une robe pourpre teintée de reflets violets. Un parfum assez soutenu de fruits rouges. Elle aime ses tanins vifs qui s'adoucissent légèrement quand on lui donne un peu le temps de vieillir. Pendant ce temps, Pierre est sorti de sa somnolence. Il se lève et rejoint Stéphanie.

Cette fois, c'est lui qui embrasse sa femme. Il la questionne sur sa journée de travail. Entre deux bouchées et une gorgée de vin, elle se livre volontiers sur son boulot. Stéphanie récupère un fruit et demande, à son tour, des nouvelles des enfants et de son activité au bureau.

Pierre s'exécute et en vient naturellement à parler de l'article du quotidien. Il retourne le chercher dans le salon et lui lit jusqu'au bout. Stéphanie est médusée. Elle trouve l'histoire extraordinaire et pense avec bienveillance à Mahdi et à sa famille. Il indique à Stéphanie qu'il va appeler le journal dès demain pour en savoir plus.

Ils rangent la cuisine et montent dans leur chambre au deuxième étage de la résidence. Stéphanie tombe de fatigue et Pierre songe à l'article et à Mahdi. La maisonnée s'endort. Non loin de là, l'eau de la Loire coule lentement en charriant du sable, des rêves et des souvenirs.

Le lendemain, Pierre téléphone au siège du quotidien. Après plusieurs secondes d'attente, son interlocuteur lui indique que la journaliste est partie en reportage et qu'on ne peut pas la joindre. Il laisse son numéro et raccroche. Il est déçu, mais pas découragé. Il décide de rappeler plus tard dans la journée.

XIX — PARIS, HIVER 2019

C'est aujourd'hui que Mahdi doit sortir de l'hôpital. Il s'impatiente et prépare toutes ses affaires dès le petit déjeuner avalé. Il se toilette rapidement et s'habille. Il enfile et lace ses chaussures. Il paraît encore faible, mais le médecin a donné son accord. Il se sent à la fois excité et un brin inquiet. Il a retrouvé un peu d'espoir. Son voyage n'est pas fini. Il va peut-être pouvoir atteindre son but et marcher sur les traces de René-Jean.

À partir de maintenant, il n'est plus obligé de se cacher pour se déplacer. Il est devenu un aventurier comme les autres. Il s'est assis un moment sur son lit. Il lit plusieurs fois le document à entête de la République. Il prend son téléphone et compose, une fois encore, le numéro d'Ousmane. C'est à nouveau une voie féminine qui décroche. Elle n'invite même plus Mahdi à laisser un message, car la boîte aux lettres déborde. Mahdi témoigne vraiment de l'inquiétude pour son ami. Il aimerait tant lui raconter ce qui lui est arrivé. Il s'allonge sur son lit tout juste fait et ferme les yeux.

Il se retrouve en Espagne avec Ousmane. La chaleur insupportable des serres, la poussière et la soif. Il se souvient très bien les quelques heures de répit où ils allaient se promener un peu le long de la plage et voir le soleil couchant sur la mer. Ils adoraient parler de leur pays en marchant pieds nus dans le sable chaud. L'instant d'après, il se trouve dans le désert. Dans cet abri sordide avec Ousmane et Alioune. Livrés à la chaleur et au manque d'eau, à attendre un transport. Il pense encore au chant lointain et captivant des grains dans le vent.

Ce vent qui se transforme en tempête au milieu de la Méditerranée. Les bourrasques qui s'unissent aux vagues dans une étreinte violente et meurtrière. Ceux qui s'approchent trop près dans de fragiles embarcations s'y perdent. La mer garde avec elle des voyageurs pauvres qui rêvent d'un avenir meilleur. Ils paient, à chaque traversée, un lourd droit de passage.

Mahdi pense à Alioune. Une larme se détache d'une de ses paupières closes et s'échappe brusquement. Elle coule doucement sur sa joue. Mahdi ouvre les yeux et s'essuie d'un revers de la main. Il prend un mouchoir en papier dans la boîte en carton posée sur la table de chevet. Il évacue cette nostalgie.

À ce moment, quelqu'un frappe à la porte. C'est Alain qui apparaît, l'air enjoué et tout sourire. Il remarque tout de suite que Mahdi a pleuré. Il sait qu'il demeure encore fragile. Il lui a proposé de l'accueillir chez lui le temps qu'il veut. Il possède une modeste maison en banlieue et il est seul. Sa femme est décédée d'un cancer il y a quelques années. L'un de ses fils vit à l'étranger et sa fille habite et travaille en province. Mahdi avait accepté l'invitation. Alain lui a même suggéré de l'aider dans ses recherches. En plus, il est resté en contact avec Carole, la journaliste. Mahdi rassemble ses affaires. Il met tout dans son sac. Alain lui donne un manteau qu'il a récupéré. Mahdi se plaint toujours d'avoir froid. Il est ravi. Il garde avec lui et à portée de main, ses nouveaux papiers, l'argent et la boussole.

En partant, Mahdi salue avec un sourire généreux le personnel de l'hôpital qui s'est occupé de lui. Quand ils franchissent la porte automatique du bâtiment, il reçoit une grande bouffée d'air frais qui lui apporte un bien fou. Il ne sait plus très bien depuis combien de jours il n'est pas allé dehors. Le temps de sortir de l'enceinte de l'établissement et de rejoindre la première entrée du métropolitain, Mahdi profite de ce moment. Même dans les couloirs pressés des entrailles de la ville, il se trouve chanceux de pouvoir bouger. Il se sent libre à nouveau.

Plusieurs changements et une bonne heure s'avèrent nécessaires à Mahdi et Alain pour gagner la banlieue. Il leur faut encore un peu de marche pour arriver jusqu'à la maison d'Alain. Dans un quartier pavillonnaire, une modeste bâtisse aux pierres apparentes et aux tuiles d'un ocre foncé.

Elle se blottit entre deux autres demeures. Elle possède un jardinet devant. Il y en a un second derrière qui descend jusqu'à la voie ferrée. Du côté de la rue, il y a un muret surmonté d'une lourde grille. Elle est recouverte d'une couleur bleue. Un rosier dépasse sur une bonne partie de l'enceinte et s'aventure au-dessus du trottoir. On accède par un portillon aux gonds rouillés et grinçants, tout juste fermé par un petit loquet.

Alain ouvre la maison et invite Mahdi à entrer. Il lui propose une visite de son logement et lui montre sa chambre à l'étage. Le garçon pose son sac dans la pièce. Il défait ses affaires dans, anciennement, celle de son fils. Alain dort en bas à côté du bureau. Il offre à Mahdi un thé qui l'accepte avec plaisir. Ils s'installent et bavardent un long moment. Alain lui fait part des règles de la maison. Ils préparent ensemble le repas de midi. Il y a une éternité que Mahdi n'a pas pris le temps de cuisiner.

Il évoque avec Alain ses souvenirs de Saint-Louis. Il aidait sa mère à élaborer le poisson. Elle lui mitonnait le Thiéboudiène pour les grandes occasions. Il aimerait bien en concocter un pour son hôte. Alain sourit et acquiesce. Il pourrait, à l'occasion, inviter la journaliste Carole pour la remercier. Pendant le repas, Alain propose de montrer à Mahdi, l'après-midi même, comment utiliser son ordinateur pour entreprendre des recherches. Ils discutent aussi de ce que souhaite accomplir Mahdi.

Pour lui, c'est assez clair. Il veut aller sur les lieux de la guerre. Là où René-Jean s'est battu et s'il peut il aimerait, retrouvez la famille de

Michel pour rendre la boussole. Alain acquiesce. Il lui propose d'organiser ça ensemble. Mahdi sourit et se satisfait de pouvoir faire confiance à quelqu'un et de trouver un soutien dans son périple.

Ils finissent le repas en évoquant Ousmane et Alioune. Après le rangement et la vaisselle et pendant qu'Alain goûte aux bienfaits d'une petite sieste, Mahdi prend son téléphone et appelle sa tante Rokhaya pour lui donner des nouvelles. Elle est ravie et comblée d'entendre Mahdi. Elle est rassurée de savoir qu'il a régularisé sa situation avec l'administration, même temporairement. Elle est soulagée d'apprendre qu'il peut voyager librement et que quelqu'un l'aide. Il raccroche. Il se sent un peu plus serein, mais son pays lui manque.

C'est à ce moment-là qu'entre dans la pièce un autre occupant de la maison qui était resté caché jusqu'ici. Le chat vient se frotter aux jambes de Mahdi. Il lève la tête et sa queue à la forme d'une canne. Mahdi ouvre la bouche et rit. Il se baisse pour voir de plus près l'animal. Il ne demande qu'un peu d'attention du nouveau venu.

Au bout de trois ou quatre caresses, celui-ci file sous la table de la cuisine et se dirige directement près de l'évier pour plonger sa gueule dans sa gamelle. Mahdi regarde, amusé, le félin exécuter son numéro de charme. En attendant Alain, Mahdi s'autorise le tour du salon et contemple les photographies accrochées aux murs ou les cadres posés sur le meuble. Puis il s'assoit dans un fauteuil. Le chat ne se fait pas prier pour lui sauter sur les genoux et quémander des câlins.

Alain se lève peu après. Il lui présente l'animal. Ils passent l'après-midi à consulter internet sur l'ordinateur. Mahdi est fasciné et assène des tas de questions à Alain. Lui note toutes les informations utiles sur un calepin.

Le reste de la journée s'écoule à une vitesse folle. Quand la nuit tombe, Alain allume les lampes du salon et sort une carte d'un placard. Elle sent le vieux papier. Il la déplie sur un côté de la table et montre à Mahdi l'endroit du Chemin des Dames. Il lui indique aussi là où se trouvent la maison et la route qu'il faut emprunter pour aller plus au nord. Avec les notes d'Alain, ils commencent à amasser des informations concrètes et encourageantes. Alain décide d'en faire part à son ami journaliste. Il appelle Carole.

Mahdi regarde encore un peu l'écran de l'ordinateur jusqu'à ce que le chat monte sur la table et vienne s'allonger directement sur le clavier. Mahdi le récupère et le prend dans ses bras et s'installe dans un fauteuil. Il est ravi et ronronne de contentement. Alain termine sa conversation et pose son téléphone portable sur un guéridon. Il indique à Mahdi qu'il a fait part des informations à Carole. Elle, de son côté, doit également entamer ses propres recherches. Ils ont convenu qu'ils iraient tous ensemble et en voiture vers le département de l'Aisne.

Mahdi se satisfait de cette nouvelle, mais il ne veut pas déranger. Il peut y arriver tout seul. Alain le rassure. Il sait qu'il peut réussir sans l'aide de personne. C'est un grand voyageur. Après tout ce qu'il a vécu. Mais il explique à Mahdi qu'ils le proposent avec plaisir et que son histoire les touche beaucoup et qu'elle importe beaucoup à leurs yeux.

Quand le chat veut s'échapper, il saute des genoux de Mahdi et se colle à la baie. Alain lui ouvre et sort en même temps pour quelques pas sur la terrasse. Il retire de sa poche sa pipe. La bourre de tabac la porte à ses lèvres et l'allume en inspirant plusieurs fois. Une bonne odeur envahit le salon par la porte entrebâillée. Mahdi se lève et rejoint Alain sur le patio. La douceur de l'air caresse les visages. Le bruit de la ville s'estompe avec le jour qui baisse. Seul, un train de voyageurs passe lourdement au fond du jardin.

Mahdi songe à son pays. Il parle du cours d'eau lent et boueux qui traverse Saint-Louis et de la mer. La plage ou sa mère et lui se promenaient. Cette plage sur laquelle reposait le bateau de son ancêtre. Celui dont René-Jean se servait pour la pêche. Il aurait adoré le voir. Il évoque les vieux quartiers de la ville où il aimait se perdre. Le pont de fer qui enjambe le fleuve et où règne toujours une circulation dense. Tout ce qui roule et tout ce qui marche.

Alain écoute mahdi avec attention et bienveillance. Il inspire une dernière fois sur sa bouffarde et décide d'aller se coucher. Mahdi le suit. Il souhaite une bonne nuit à Alain et part dans sa chambre à l'étage. Il pose son téléphone sur la petite table de chevet. Il ôte le dessus de lit. Il se déshabille et se glisse sous une couette lourde et moelleuse. Il la remonte vers lui jusqu'à couvrir sa bouche. Il sent une odeur agréable douce et fraîche de lessive et de lavande. Il éteint la lumière et s'endort.

XX — CALAIS, HIVER 2019

Ousmane ne sait plus exactement quand il est parvenu à Calais. Mais il y a longtemps qu'il attend là. Un chauffeur l'a déposé discrètement sur une aire de stationnement dans les faubourgs de la ville. Il a marché pendant plusieurs heures avant d'arriver au cœur de la cité. Très vite Ousmane a retrouvé d'autres aventuriers en partance pour l'Angleterre.

Depuis il essaie tous les jours de grimper clandestinement à bord d'un camion. Entre ses échecs, il s'est installé dans un camp de voyageurs aux couleurs des bâches et des toiles de tente. Un bas quartier sale et bourbeux monté dans l'urgence avec des palettes de bois, du plastique et des cartons. Il s'est construit un petit abri avec ce qu'il a pu trouver.

Chaque matin, il se demande si le soir il va récupérer sa place. Il a bien rencontré d'autres explorateurs, mais c'est plutôt le chacun pour soi qui règne ici. Il n'y a aucun confort et les conditions de vie se révèlent déplorables. L'hygiène absente. Ousmane n'a pas pris de douche depuis plusieurs jours. Parfois, un groupe de bénévoles les accompagnent dans une salle de sport pour qu'ils puissent se laver et lessiver leur linge.

Ils gardent constamment un œil ouvert. En alerte. Le camp a été détruit à plusieurs reprises. Pour manger ou trouver un point d'eau, il faut marcher jusqu'à la ville ou la majorité des gens les regardent d'un air inquiet et méfiant. Des voyageurs ont déjà eu des altercations violentes avec eux. Il y a également des bagarres entre aventuriers pour une bâche plastique ou un vêtement chaud. Ousmane garde toujours ses affaires avec lui. Il y a des habitants qui prennent des risques et qui s'insurgent contre les décisions iniques et injustes qui touchent les explorateurs. Ils n'hésitent pas à leur venir en aide en leur proposant des habits ou des aliments.

Dans les abris de fortune, les nuits se remplissent d'humidité et de froid. Il ne voulait pas appeler son ami Mahdi. Il pensait qu'il lui restait beaucoup de choses à réaliser. Dans le camp, il est impossible de recharger son téléphone portable. Pour ça, ils doivent aller en ville et trouver un lieu public avec des branchements électriques. Ces lieux sont gardés par un groupe de voyageurs et ils sont pris d'assauts. Il faut payer cher pour quelques minutes de courant. Ousmane n'a plus de batterie depuis plusieurs jours. Il ne peut même pas appeler sa famille en Angleterre. Il espère pouvoir le recharger un soir. Il a découvert, en ville, un bâtiment public ouvert avec un branchement accessible.

Chaque matin Ousmane descend vers la route qui mène au tunnel. Il repère un camion et tente d'y grimper à l'insu du conducteur. Il est équipé d'une petite lame bricolée pour découper la bâche d'une remorque et s'y glisser discrètement. S'il rate son coup, il attend le prochain et recommence. Les chauffeurs sont devenus méfiants et inspectent sans arrêt leur véhicule. Ousmane essaie de traverser seul ou avec deux compagnons. Au-delà, ils sont tout de suite remarqués. Il faut également faire attention à ne pas se faire coincer par les autorités qui surveillent le passage.

Un jour Ousmane avait réussi à monter dans un camion avec un autre voyageur. Ils croyaient avoir réalisé le plus dur, mais quelques kilomètres plus loin ils avaient été découverts. Ousmane dans un geste désespéré avait sauté du véhicule et avait pris la fuite.

Ce matin, il fait froid. Il y a un épais brouillard et il tombe une petite pluie fine. C'est une chance pour les voyageurs, car ils deviennent presque invisibles. Ousmane se trouve confiant et s'empare de ses affaires. Il se couvre avec un blouson imperméable donné par une association d'aide aux aventuriers. Il passe ses bras sous les deux sangles et ajuste son sac sur son dos. Il part en direction du canal autoroutier qui conduit au tunnel.

Ils sont déjà nombreux à attendre le bon transport. Ousmane décide de s'éloigner un peu. Il marche sur le bas-côté de la chaussée. Il surveille attentivement la circulation, car les voitures et les camions roulent vite à cet endroit malgré le brouillard. La pluie lui fouette le visage. Il s'essuie les yeux d'un revers de la main.

Devant lui, à quelques centaines de mètres, des voyageurs qui progressaient sur le bord se mettent brutalement à courir au milieu du trafic. Ils veulent atteindre la deuxième voie et attraper un transport bâché.

Les conducteurs surpris freinent et donnent des coups de volant pour esquiver les piétons. Ousmane regarde et il ne comprend pas ce qui se passe. À cet endroit, les véhicules roulent bien trop vite. Il faut aller plus loin après le long virage et la belle côte qui oblige les automobiles et les camions à ralentir.

C'est à ce moment-là qu'une voiture qui évite de justesse les voyageurs se retrouve sur la bande d'arrêt d'urgence face à Ousmane. Le conducteur tente désespérément de stopper son engin. Il freine tant qu'il peut, mais elle devient incontrôlable et part en glissade. La collision très violente projette Ousmane à plusieurs mètres sur le talus. L'automobile finit sa course brutalement en dérapant sur le bas-côté et en s'enfonçant dans la pente herbeuse. Le chauffeur sort de l'habitacle. Il est choqué et titube. Il s'appuie contre sa voiture accidentée. Un filet de sang lui coule sur le visage. Le trafic est interrompu.

Les lumières de détresse orange des véhicules clignotent. Elles colorent le mauvais temps. Ousmane gît dans le fossé humide. Entre la chaussée et la butte de terre. Il pleut. Au loin, les sirènes percent le brouillard. En attendant les services de secours, des automobilistes sécurisent la zone de l'accident. Bientôt, les pompiers et les gendarmes parviennent sur les lieux du drame.

Un homme invite le conducteur de la voiture endommagée à s'asseoir. Un autre pose délicatement sur Ousmane une couverture de survie. Juste après, une équipe d'assistance arrive. Il passe un long moment autour du corps du voyageur. Il est installé dans un brancard.

Quatre pompiers le portent vers leur camion. Un secouriste tient au-dessus de lui une perfusion. Pendant ce temps, la circulation reprend doucement sur une seule file. Le véhicule, gyrophare allumé, file toutes sirènes hurlantes, et se fraie un chemin entre les autres automobiles. Une seconde équipe d'assistance soigne le chauffeur.

Il faut le soulever et le soutenir pour qu'il monte dans une ambulance. Il se sent fébrile. Il est couché à son tour sur un brancard. Il est dirigé également vers l'hôpital le plus proche. La voiture accidentée est vite dégagée et remorquée. La circulation reprend petit à petit. Les conducteurs redémarrent. Les aventuriers cherchent toujours un passage.

Parti il y a bien longtemps du Mali, Ousmane le voyageur rêvait simplement de rejoindre sa famille de l'autre côté de la Manche. Il a failli mourir plusieurs fois. Il a été volé, violé et torturé. Il n'a jamais renoncé.

Il a souvent gardé le sourire. Ses grands yeux rieurs invitent à l'optimisme et à la sympathie. Il ne montre jamais ses faiblesses et ses souffrances. Il s'était un peu ouvert à son ami Mahdi. Là, il se sent apaisé. Il est enveloppé de brouillard. Il est couché dessus. Un petit nid de coton chaud et douillet. Il semble suspendu. Il vole dans l'air frais. Il avance. Il s'élève, léger. Il est entouré de lumières éclatantes. Il connaît cette musique lointaine qui murmure à ses oreilles.

Le son se rapproche doucement. Maintenant, il l'entend distinctement. Une chanson sucrée au goût de dattes accompagné d'une mélodie colorée. Des cordes pincées de la kora dégoulinent des notes de miel. Elles sont ensoleillées. Sur elles s'accrochent les chaleureuses paroles d'une voix. Il les suspend comme des tableaux et se répète à l'infini. Le chœur des femmes entre progressivement pour le guider et le porter. Il teinte la musique de la tonalité du sable.

C'est son chant d'agonie. Cette mélodie qui escorte l'aventurier rentrant au pays après des années d'absence. Ousmane a beaucoup voyagé. Il aime cette chanson. On dirait qu'il fredonne. Il voudrait participer à la fête. Il voit autour de lui les choristes qui se balancent. Leurs habits aux couleurs vives virevoltent et flottent dans l'air.

Les joueurs de kora accompagnent les danseurs et jettent généreusement de la musique dans la ronde. Les paillettes acoustiques forment des bouquets. Elles semblent voler puis dégringolent et rebondissent. Des sons en ricochet. Les percussions s'avancent doucement pour créer le décor. Un grand tapis aux motifs chamarrés posé en plein désert au soleil couchant. Puis le rythme se calme et le chanteur perche sa voix sur des notes restées suspendues.

Ousmane danse au milieu de la scène. Il retourne chez lui. Il pleure. Des larmes sucrées coulent de ses yeux sur ses joues puis sur ses lèvres. Il regarde vers le ciel. Il ferme les paupières. Il se sent bien. La musique ne s'arrête pas.

Vers Calais, un matin brumeux et pluvieux, un voyageur meurt pour avoir cru à son rêve. L'ambulance roule à toute allure vers l'hôpital. Le médecin et les pompiers tentent en vain de réanimer Ousmane.

Quand ils arrivent, c'est déjà trop tard. Ils descendent du véhicule et ouvrent les portes arrière. Sa dépouille est déposée sur un chariot. Il est poussé contre un mur en attendant une hypothétique prise en charge du défunt. Un secouriste met ses affaires dans le panier situé en dessous. Il recouvre le corps sans vie d'un drap blanc. Les pompiers montent à bord de l'ambulance et repartent. Le lendemain dans le quotidien local un petit entrefilet titre : « *Drame sur la route du terminal* ». L'article de journal mentionne :

« *Un accident a encore eu lieu hier matin sur l'itinéraire du tunnel. Une tragédie de plus sur cet itinéraire que les voyageurs utilisent pour passer de l'autre côté de la Manche. Un groupe d'aventuriers marchaient le long de la chaussée à quatre voies. Ils tentent de grimper dans un camion en partance pour le royaume uni. Parmi eux, deux hommes ont cherché à traverser la route alors que le trafic se densifiait et que les véhicules roulaient à vive allure.*

Les conducteurs surpris ont essayé de les éviter comme ils pouvaient. Avec le brouillard épais et la pluie serrée, un automobiliste a causé une embardée et a percuté de plein fouet un autre piéton qui circulait sur la bande d'arrêt d'urgence. Le malheureux a été projeté à plusieurs mètres sur le talus. Le chauffeur n'a pas pu maîtriser sa voiture qui a fini sur le bas-côté.

Choqué, il a été conduit à l'hôpital le plus proche. Le jeune voyageur a été transporté également aux urgences. Malgré les soins intensifs qui ont été pratiqués par les pompiers et le médecin, il est décédé dans l'ambulance.

Les riverains et les usagers de cet itinéraire sont excédés par les agissements des aventuriers qui prennent des risques inconsidérés pour tenter la traversée ».

XXI — BERRY-AU-BAC, HIVER 2019

— Allo ? C'est Alain ! Carole ? Tu vas bien ? Quelles nouvelles ?

Carole confirme qu'elle se porte bien et qu'elle passe chez lui en fin de journée, car elle détient du nouveau sur leur affaire.

Pressée, elle raccroche rapidement. Alain repose son appareil, reprend sa tasse encore fumante et se dirige sur la terrasse pour la terminer tranquillement au grand air. Le chat profite de l'ouverture de la porte pour descendre dans le jardin et se faufiler derrière la haie.

Alain accompagne son café de quelques bouffées de tabac. Mahdi, attablé dans le salon, est déjà plongé sur internet pour effectuer des recherches sur la famille de Michel. Alain lui a montré comment accéder aux sites des archives militaires.

Mahdi espère même trouver des traces de son ancêtre René-Jean. Quand Alain rentre dans la maison, il indique à Mahdi que Carole vient d'appeler et qu'elle s'invite le soir, car elle a des nouvelles à leur apporter. Mahdi acquiesce et sourit puis se replonge immédiatement dans les pages numériques.

Alain et Mahdi partagent leur quotidien depuis maintenant plusieurs jours. Ils ont trouvé leur place dans le petit pavillon. Même le chat semble apprécier le changement. La demeure ne se montre pas bien grande, mais bien suffisante pour eux.

Mahdi commence à s'habituer au bruit de la ville et du train qui rythme les nuits. Alain a donné des consignes claires à Mahdi pour que la vie domestique se déroule le mieux possible. Mahdi participe avec plaisir aux tâches ménagères. Il s'y mettait volontiers avec Amy, sa mère. Il adorait effectuer ces routines avec Rokhaya sa tante. Il aime préparer les repas tout en discutant avec Alain.

Alain se veut curieux du quotidien de Mahdi en Afrique et de son périple depuis le Sénégal. Ils échangent tous les deux des recettes culinaires. Ils vont au marché deux fois par semaine. Mahdi et Alain passent beaucoup de temps sur internet pour trouver la trace des descendants de Michel. Carole vient de temps en temps. Ils mangent ensemble et discutent du projet de Mahdi.

Alain continue son activité de bénévole auprès de l'association des voyageurs. Mahdi l'accompagne souvent et donne un coup de main apprécié. Ce matin, Alain ne travaille pas et c'est jour de marché. Alain termine sa tasse de café. Il sort du placard le panier-palmier aux anses de cuir.

Mahdi ferme l'ordinateur et récupère son blouson. Ils descendent en marchant vers le centre-ville et la placette. Mahdi aime ces modestes rituels. Il retrouve l'ambiance de celui de Saint-Louis quand il y allait avec sa mère. Il apparaît complètement différent, mais c'est le même moment de vie.

Aujourd'hui, c'est un peu particulier, car c'est lui qui prépare le repas et il s'est écrit une petite liste de courses. Alain et Mahdi discutent et plaisantent avec les commerçants.

Mahdi commence à être connu sur le marché. Alain et Mahdi terminent leur tour et rentrent en passant par la boulangerie. Ils reviennent à la maison avec un panier plein pour la semaine. À peine les denrées rangées, Mahdi se met aux fourneaux.

Hier, il a appelé Rokhaya et pris quelques conseils culinaires. Il a tout noté et il suit de bout en bout la recette. Pendant ce temps, Alain a récupéré son courrier et s'est installé dans son fauteuil pour lire le journal. Celui où travaille Carole. Une bonne odeur de citron et d'oignons dorés envahit la cuisine et se diffuse jusqu'au salon.

Le chat trépigne déjà devant la baie vitrée. Ils posent ses pattes avant sur le verre et les remontent alternativement en accompagnant le tout par un petit miaulement. Alain se lève, avec le quotidien et ses lorgnons dans une main, pour ouvrir au malheureux. Il ferme la porte puis met le journal et les lunettes sur la table. Il entre dans la cuisine pour voir le chef à l'œuvre. Mahdi a presque terminé. Deux tours de moulin à poivre et il couvre la cocotte. Il annonce fièrement que le repas peut être servi dans une vingtaine de minutes. Alain salive d'impatience. Il s'offre un verre de vin en attendant. Mahdi l'accompagne avec un peu de jus de pommes artisanal. Alain le lui a fait goûter un jour et depuis il ne boit que ça. C'est une production normande d'un ami d'Alain. Il promet d'y emmener Mahdi prochainement.

Quand le plat se trouve prêt, ils se mettent à table tous les deux. Le chat est gentiment invité à attendre ailleurs. Il file dans le salon. Le repas remporte un succès et Mahdi triomphe. Il sourit. Il envoie un message à sa tante pour la remercier vivement. Alain lui signale que depuis quelque temps, il rit volontiers et que son visage s'éclaire. Ses yeux s'illuminent. Il se sent beaucoup mieux et commence même à plaisanter. Il retrouve petit à petit le goût de vivre. Alain est ravi d'apporter un peu de joie à son jeune ami voyageur. Mahdi se confie à Alain sur les distances qu'il a prises avec sa religion depuis qu'il a entrepris son périple. Il a beaucoup prié quand il faisait face aux pires dangers. Mahdi se montre plus en paix avec lui-même. Il se questionne toujours autant sur le but de sa quête. Il parle plus volontiers de ses parents et de sa famille.

Alain l'écoute attentivement. Il le rassure sur la légitimité de son voyage. Pour lui, cette quête apporte sans aucun doute à Mahdi les éclaircissements à toutes ses interrogations. Alain le trouve plus apaisé. Après le repas, Alain part pour une petite sieste et Mahdi se met dans un fauteuil avec son téléphone portable. Il envoie d'abord un message à sa tante puis il essaie d'appeler son ami Ousmane. Toujours pas de réponse. Il entend sans cesse la même voix enregistrée. Déçu et inquiet, il repose son appareil et revient à sa place à table devant l'ordinateur. Il consulte les dossiers militaires des soldats de la Première Guerre mondiale et regarde des sites spécialisés qui y sont consacrés. L'après-midi passe vite. Surtout après une grande sortie dans la forêt de l'autre côté de la voie ferrée.

Mahdi est fatigué. Alain semble revigoré. Mahdi monte à l'étage prendre une bonne douche chaude juste avant que Carole ne sonne à la porte.

Quand Mahdi descend, Carole et Alain dégustent un peu de vin dans la cuisine. Ils discutent sur un ton gai et enjoué. Carole et Mahdi se saluent. Mahdi saisit un verre et le remplit de ce jus de pommes dont il raffole.

Carole raconte aux deux hommes qu'elle a reçu un appel téléphonique d'une personne de Tours qui se prétend de la famille de Michel. Mahdi est abasourdi. Il n'en revient pas. Il s'assoit et ouvre de grands yeux noirs pour l'écouter.

Carole lui explique. Pierre, c'est comme ça qu'il se nomme, a lu l'article du journal qu'elle a écrit il y a quelques semaines. C'est de cette façon qu'il a pu lier le destin de Mahdi avec sa propre histoire. Carole continue de raconter autour d'un repas improvisé dans la cuisine. Elle dresse un rapide tableau de l'arbre généalogique de Pierre.

La famille de Pierre habite à Tours sur les bords de la Loire. Il est marié à Stéphanie. Ils vivent avec deux enfants de seize et dix ans, Enzo et Léa. Le père de Pierre se prénomme Arnaud et réside à côté de Tours dans la maison de Michel. Celui d'Arnaud s'appelait Jean. Il est né en mille-neuf-cent-quinze et son ascendant possède le patronyme de Michel. Le Michel que René-Jean a sauvé. Mahdi en reste bouche bée.

Il est fasciné par l'histoire que vient de raconter Carole. Alain est tout aussi captivé. Il boit littéralement les paroles de Carole. Elle indique à son auditoire qu'elle s'est permis de réaliser quelques recherches pour vérifier tout ça. Michel était instituteur. Il a continué à exercer son métier même avec un bras en moins.

Mahdi trouve ça incroyable. Il ne prend pas le temps de dîner. Carole poursuit le récit. Pierre souhaite les rencontrer. Il veut les accueillir chez lui à Tours. De là, ils pourraient aller voir la maison de Michel. Lui, sa femme et ses enfants s'honorent de l'aider et de lier leur histoire à la sienne. Mahdi ressent un pincement au cœur. Il vit un immense moment de bonheur.

Alain et Carole finissent le repas et commencent déjà à prévoir le déplacement à Tours. Mahdi se sent vidé tout à coup. Il n'a jamais été aussi comblé. Son vœu va pouvoir être exaucé. Il pense à ses milliers de kilomètres effectués depuis Saint-Louis. À la traversée de la mer Méditerranée. Aux serres d'Andalousie et à ses amis Alioune et Ousmane.

Un trop plein d'émotions le submerge. Il éclate en sanglots et se précipite sur la terrasse du pavillon. Il a du mal à respirer et il cherche de l'air frais. Il est rejoint par le chat, tout content de pouvoir aller dehors, puis par Alain et Carole. Avec des paroles apaisantes et bienveillantes, ils parviennent tous les deux à calmer Mahdi. Une larme pleine d'espoir s'attarde un peu sur la joue de Mahdi. Le ciel s'éclaircit ce soir et il fait étonnamment doux. Les éclairages de la ville ne masquent pas toutes les étoiles. Certaines brillent plus que d'autres.

Ils restent un bon moment sur la terrasse. Un bandeau de lumière jaune passe au fond du jardin avec le dernier train. Ils décident de rentrer. Même le chat. Plus avant, dans la soirée, Mahdi parle à ses amis d'Ousmane. Il demeure très soucieux. Il n'arrive pas à le joindre et il n'a plus aucune nouvelle depuis qu'il est allé vers le nord.

Carole, avec les nombreuses relations dans son métier, va essayer d'en savoir plus. Mahdi la remercie chaleureusement. Ils terminent la veillée assez tard en préparant leur voyage aux Chemins des Dames. Carole occupe l'autre chambre du rez-de-chaussée. Demain, ils partent tôt. Il salue Carole et Alain puis monte se coucher. Il a un peu de mal à trouver le sommeil. Toutes ses informations tournent dans sa tête comme un manège pour enfants. Il se retourne et vire dans son lit. Il sursaute quand le chat saute sur le matelas. Mahdi sait qu'il n'a pas le droit d'aller dans les chambres, mais il se sent heureux de l'avoir avec lui. Il se dit que pour une fois il peut bien le garder. Il caresse le félin un petit moment.

Dans la voiture qui les conduit vers le nord de la France, Mahdi regarde défiler le paysage. Il pense à la famille de Michel. La campagne est envahie par un épais brouillard.

Mahdi a froid. Il glisse une de ses mains dans la poche de son pantalon pour toucher l'étui de la boussole. Il est rassuré. Il attrape son manteau sur la plage arrière et le met sur lui comme une couverture.

Devant, Carole suit attentivement la route, car la visibilité est réduite. Alain essaie de capter une « *bonne* » radio, comme il répète souvent. Au bout de trois heures de voiture, ils émergent du brouillard vers la ville de Roye. Ils continuent en direction de la Somme pour aller jusqu'à l'Historial de la « *Grande Guerre* » de Péronne.

Mahdi entre de plain-pied dans l'effroyable conflit à laquelle ont pris part des millions de soldats et son aïeul René-Jean. Il découvre les vestiges du passé. Tous ces objets exposés comme autant de boussoles dans sa poche. Il s'intéresse à tout. Il suit attentivement, avec respect et solennité le cheminement du musée et toutes les indications. Il constate avec terreur la vie quotidienne dure et inhumaine des combattants dans les tranchées. La brutalité des affrontements. L'horreur de la guerre. Il pense à René-Jean enrôlé de force et venu lutter ici. Si loin de chez lui. Il ne comprend pas encore bien comment il a pu se retrouver dans cette guerre.

Il connaît bien les écrits sur la « *force noire* ». Il a lu beaucoup d'articles sur la manière dont ont été recrutés les soldats issus des colonies. Ils aimaient penser qu'en donnant leur sang ils acquerraient les mêmes avantages. Ils voulaient croire à la puissance et à la fraternité de tous ces « *frères d'âmes* ». Mahdi se souvient de l'amer retour chez eux de tous ces soldats venus combattre un idéal. Son voyage lui a appris beaucoup de choses sur la nature humaine.

Carole et Alain complètent la visite avec leur connaissance personnelle et leur propre histoire sur cette guerre. Dans la voiture qui roule vers le village de Berry-Au-Bac, Mahdi, silencieux, regarde les paysages. Les bois, les collines et les champs. Un patchwork de couleurs du vert vif au marron foncé.

Les petits bourgs, les rivières et les routes. La nature a été déformée et déchirée par ce conflit. Aujourd'hui, il n'en reste qu'une géographie fantôme. Mahdi imagine ce décor pendant les combats et René-Jean au milieu avec son ami Michel. Deux vies si différentes, mais que le destin a réunies dans un trou d'obus.

C'est un petit village paisible. Il y a des années que les traces de la guerre ont été effacées. Non loin du canal, Alain arrête la voiture. Ils en sortent. Mahdi enfile son manteau et remonte la fermeture jusqu'au menton. Ils suivent une route étroite parallèle à la voie d'eau. Ils traversent un ruisseau qui l'alimente.

Au fond se dressent des bâtiments industriels. Ils s'engagent sur un petit sentier en pente. Ils ne mettent pas longtemps pour arriver sur l'allée qui mène à la « *côte 108* ».

Ils marchent sur le Chemin des Dames. Mahdi foule la terre sur laquelle René-Jean s'est battu. Il sent que c'est un moment important pour lui. Il se concentre pour s'imprégner de tout ce qu'il y a autour de lui. La végétation a repris ces droits et masque l'histoire d'une mince couverture. Mais le paysage a été modelé et déformé.

Mahdi marche sur ce chemin sur plusieurs centaines de mètres. Carole et Alain restent un peu en retrait. Carole capture quelques images et griffonne quelques notes. Alain a sorti sa pipe. Il l'a remplie de tabac. Il l'embrase avec une allumette. Il savoure cet instant, heureux pour Mahdi.

En descendant, ils vont à pied jusqu'à la nécropole nationale. Ils empruntent une petite route. D'un côté, il y a des champs cultivés et de l'autre une rangée de sapins. Ils arrivent d'abord devant une haie bien taillée. Derrière, un terrain en légère pente. Il est recouvert d'une pelouse bien coupée sur laquelle sont plantées des centaines de stèles.

Mahdi a déjà parcouru des cimetières, mais là il est impressionné et ému de voir ces alignements de pierres blanches. À chaque emplacement, il y en a deux toute proches et deux soldats tête à tête. Il y a une allée au milieu avec deux mâts sur lesquels flotte le drapeau. Mahdi songe à tous ces soldats tombés ici. Il imagine René-Jean et Michel qui ont survécu à l'enfer. Il voit cette terre nourrie du sang de tous ces combattants. Il sent ses poignets. Il se rappelle sa tentative de suicide. Le liquide chaud qui s'échappait de ses veines. Il se trouve un peu misérable face à tous ces disparus. Il a l'impression qu'ils se moquent tous de lui. Il met la main dans sa poche et saisit la boussole. Il flâne tout autour de la nécropole en pensant aux familles de tous ces hommes.

Il se souvient de cette page internet qu'il avait consultée chez Alain et qui recense tous les pauvres bougres enterrés ici. Le ciel descend jusque dans la plaine et la brume persiste. Malgré les grands arbres et les haies environnantes, Mahdi ne perçoit aucun chant d'oiseau. Le brouillard étouffe tous les bruits. Il garde le repos des soldats.

Un silence de mort pour ce champ d'agonies. Avant de rentrer sur Paris, ils s'arrêtent pour prendre un verre et manger un encas. Mahdi parle de tout ce qu'il a vu. Il pense à toute cette injustice. René-Jean et ses compagnons qui ont donné leur vie pour défendre cette terre. Ils ont été très vite renvoyés chez eux et tombés dans l'oubli. Les mêmes sont revenus bien des années plus tard pour participer à la Seconde Guerre.

Mahdi ne comprend pas que ce pacte de sang qui liait René-Jean à la France ne soit devenu que poussière. Lui ressent au plus profond de son être cette relation. Il ressemble à René-Jean, et ce même s'il ne l'a pas connu. Du haut de ses vingt ans, il ne s'explique pas pourquoi les hommes s'approprient des bouts de terre et empêchent les autres d'y circuler librement. Carole prend des notes. Mahdi porte en triomphe ses découvertes. Il n'arrête pas de remercier Alain et Carole.

Mahdi a pu renouer un lien avec son ancêtre venu combattre ici. Tout à coup, il se sent proche de René-Jean comme il ne l'a jamais été. Il ressent de la fierté. Il aimerait crier. Raconter son histoire. Sa quête. Il souhaiterait que l'on reconnaisse le sacrifice de ces hommes nés dans des contrées lointaines.

Beaucoup d'entre eux vont mourir sur cette terre. Beaucoup d'entre eux sont oubliés. Leurs descendants rejetés, humiliés et méprisés. Mahdi voudrait que le monde entier sache. Bercé par les mouvements de la voiture, Mahdi somnole. La nuit est déjà tombée quand ils arrivent à Paris.

XXII — LOIRE, PRINTEMPS 2020

La Loire a pris des couleurs de printemps. Les arbres se sont parés de feuillages d'un vert soutenu. Les oiseaux sont revenus y nicher. Des échassiers posés sur les bancs de sable, les pattes dans l'eau, pêchent délicatement du bout du bec. Les ragondins et les rats musqués s'affairent sur les berges. Ils plongent à la moindre alerte et refont surface plus loin. Toute la vie animale reprend doucement au rythme lent du fleuve.

Pierre s'attarde encore un peu sur le pont. Comme à son habitude. Il apprécie quand le printemps arrive et que la nature s'éveille. Il aime contempler le cours d'eau qui change avec les saisons. Il continue son chemin jusqu'à son travail. Ce soir, il va aller voir son père Arnaud dans la maison familiale pour préparer la venue de Carole, la journaliste, Alain, le bénévole et Mahdi, le voyageur.

La demeure des bords de Loire n'est occupée que par Arnaud. Il a perdu sa femme il y a quelques années déjà. Maintenant, il vit seul dans cette grande maison. Elle est située à quelques encablures de la grosse ville dans un petit village. Un peu en retrait du fleuve, elle le regarde fièrement. Elle est habillée de pierres de tuffeau et d'ardoise. Elle s'élève sur trois étages. Les façades des côtés sont tapissées de vigne vierge. En haut de chaque pignon se dresse une cheminée de briques et de blocs blancs. Côté rue, il y a une courette recouverte de gravier. Côté jardin, elle fait face à la Loire. Un grand jardin en pente douce s'étire presque jusqu'à la Loire. Il est divisé en deux parties. Il est séparé par une allée surmontée d'un treillis de fer garni de roses. De part et d'autre, il y a un potager fait de minces plates-bandes et une pelouse au-dessus de laquelle il y a quelques arbres fruitiers. Dans un coin, proche de la maison, il y a un abri de bois. Tout autour court un muret haussé d'une belle grille forgée. Au fond du jardin, une petite porte permettait autrefois d'accéder directement au fleuve. Aujourd'hui, une route étroite et surélevée a remplacé l'ancien chemin.

La demeure se révèle froide, mais très agréable l'été. Arnaud ne vit que dans la partie basse et l'une des chambres du premier étage. Dans le salon et autour de la grande table, il y a beaucoup de photographies encadrées. Ce sont les seuls habitants avec Arnaud. Elle s'anime un peu plus à la belle saison.

Arnaud s'occupe avec passion de son jardin et passe beaucoup de temps sur l'eau du fleuve. Il possède une petite barque et il entretient le futreau de la commune dès que les beaux jours arrivent. Il part pêcher au lever du jour pour ne revenir qu'à la mi-journée.

Enzo déteste ce loisir, mais il aime naviguer sur la Loire. Pierre n'est pas très rassuré quand Arnaud s'en va seul sur ce bateau. Il l'accompagne souvent. Arnaud apprécie lorsque ses petits-enfants viennent à la maison. Il affectionne particulièrement le jardin. Léa trouve que la bâtisse reste froide et les grandes pièces des étages lui font peur. Elle adore partir de bon matin sur la Loire avec son grand-père. Arnaud attend avec impatience les fins de semaine. Surtout quand les beaux jours s'annoncent. Pierre, Stéphanie et les enfants viennent souvent à la maison le dimanche pour déjeuner. Ils n'habitent pas loin. Il advient même qu'ils arrivent à vélo.

Pierre se montre à la tombée de la nuit. Il a garé sa voiture devant. Arnaud n'a pas tout compris sur la nouvelle que Pierre lui a donnée. Il compte bien en savoir plus ce soir. Pierre rentre son automobile dans la petite cour. Il entre. Arnaud s'affaire dans la cuisine. Il est occupé à vider un poisson pêché le matin. Quand il entend son fils arriver, il parle fort :

— Est-ce que tu manges avec moi ? Comment va Stéphanie et comment se portent les enfants ?

Pierre referme la porte principale et pose son sac sur la chaise du vestibule. Pierre pénètre dans la pièce et embrasse son père. Il n'avait pas forcément prévu de rester dîner, mais comme il doit lui raconter pas mal de choses, il accepte l'invitation.

Il donne des nouvelles de Stéphanie et de son travail très prenant puis il parle de Léa et Enzo. Arnaud est ravi et retourne à son poisson. Il demande à son fils s'il peut éplucher les quelques légumes du jardin. Ils sont posés sur la table de la cuisine. Disposés sur une feuille du journal local.

Pierre attrape un couteau et commence à les peler tout en démarrant son récit. Arnaud a terminé de préparer le plat. Il le recouvre d'un linge et sert deux verres de muscadet frais.

Pour ne pas entamer son histoire tout de suite, Pierre parle un peu de la Loire. Il évoque le bateau de son père et la pêche. Il se permet de lui redire qu'il n'aime pas le voir aller sur le fleuve seul. Arnaud ne l'écoute que d'une oreille distraite.

— Et ta grande nouvelle ?

Pierre commence son récit par la lecture de l'article du journal qu'il a découpé et gardé avec lui. Arnaud reconnaît que ça ressemble beaucoup à l'histoire de Michel. Avant que Pierre poursuive l'anecdote, il part dans le salon récupérer de vieilles photographies de Michel.

Il revient avec plusieurs portraits jaunis, dont celle où Michel pose dans les tranchées, le bras en écharpe. Il est entouré de deux brancardiers et d'un soldat noir. Pierre saisit le cliché, la regarde longuement et continue. Il lui parle de ses appels téléphoniques au siège du quotidien et de sa discussion avec Carole, la journaliste.

Pierre s'intéresse beaucoup à la boussole citée dans l'article. Celle qu'il a imaginée maintes fois quand il était enfant. Arnaud a entendu cette histoire de la bouche même de son grand-père Michel. C'était un cadeau de sa femme Andrée. Elle l'avait fait graver dans un atelier de Tours qui n'existe plus aujourd'hui.

Arnaud admirait Michel et son courage. Il avait appris à se servir de sa main gauche. Quelques années après son retour du front, il savait tout réaliser avec la valide. Il avait dû se battre avec l'administration pour pouvoir continuer à enseigner. Il n'a jamais voulu qu'on ait pitié de lui. Il a lutté toute sa vie pour être considéré comme un homme normal. Arnaud est ému quand il parle à Pierre des recherches de Michel pour tâcher de retrouver son sauveur. Pendant des années, il avait tenté d'identifier des indices sur René-Jean. Il avait écrit des dizaines de lettres. Il était même allé à Paris, au ministère des armées, pour essayer de trouver sa trace, mais il s'était vu refuser l'accès aux documents et aux archives. Il était rentré à Tours triste et déçu.

Après ça, les années sont passées. Il a rédigé encore quelques missives, mais il n'y croyait plus. Arnaud dépose le poisson dans le court-bouillon et met le couvercle de la casserole, puis, il s'assoit à côté de son fils et sert un autre verre de vin. Il trouve cette nouvelle vraiment inouïe et demande d'emblée à Pierre quand il va pouvoir rencontrer ce Mahdi, descendant du sauveur de son grand-père.

Avant ça, Pierre explique à Arnaud que Mahdi a perdu ses parents. Il raconte aussi le long voyage de Mahdi pour parvenir jusqu'ici. Sa tentative de suicide. Arnaud grimace en entendant tout ça. Il ne sait pas quoi dire. Il hoche la tête.

— Pauvre enfant !

Pierre lui demande s'il se sent prêt à accueillir ce garçon. Il serait accompagné par Carole, la journaliste, et Alain qui s'occupe de Mahdi depuis son arrivée à Paris. Arnaud est enchanté à cette idée.

— La maison s'avère bien assez grande ! On se doit d'entreprendre quelque chose pour ce jeune homme !

C'est bien ce que Pierre voulait entendre. Il va essayer de joindre Carole, au quotidien, dès demain. Pierre se lève pour mettre le couvert.

De son côté, Arnaud surveille attentivement la cuisson du poisson. Pierre dispose les deux assiettes, puis il prend le téléphone dans sa poche pour contacter Stéphanie. Il lui indique rapidement qu'il reste dîner avec son père ce soir et qu'il ne faut pas l'attendre. Il appelle ensuite son fils Enzo pour lui dire la même chose et qu'il s'occupe de sa sœur le temps que sa mère rentre du travail.

Avant de se mettre à table, les deux hommes marchent quelques instants dans le jardin. Le jour baisse, mais il fait toujours très clair. De là, on entrevoit le fleuve majestueux et sauvage qui s'habille de nuit. Les derniers rayons de soleil jouent encore sur l'eau et renvoient des points de lumière qui se diluent dans le courant. Derrière les arbres qui bordent la rive, Arnaud et Pierre peuvent apercevoir le haut du mât du futreau.

Quelques oiseaux s'envolent dignement et le chant des grenouilles murmure. Arnaud décrit avec précision ses plantations de cette année. Il faut qu'il pense à tondre la pelouse. Sous le treillis, les roses se ferment pour la nuit, mais dégagent dans l'air printanier un léger parfum. Les deux hommes rentrent dans la maison.

Arnaud s'occupe de découper délicatement le poisson. Il dresse les filets dans un plat et il dispose autour les légumes. Pierre et Arnaud se mettent à table. Ils continuent à parler de l'histoire de Mahdi et du lien qui les unit dorénavant.

Arnaud a hâte de le rencontrer et de lui faire découvrir sa famille et sa région. Pierre va venir l'aider à préparer les chambres. Arnaud n'arrête pas de lui poser des questions sur Mahdi. Pierre n'en sait que ce que l'article et la journaliste en disent. Pierre ne trouve pas quoi répondre à son père.

Arnaud va devoir attendre, mais il se montre impatient. À la fin du repas, il part un moment dans le salon. Il revient au bout de plusieurs minutes. Il est allé récupérer dans la vieille armoire de chêne un ensemble d'anciens carnets poussiéreux. Il les pose sur le côté opposé de la table. Pierre ne se rappelle pas les avoir déjà vus auparavant.

Ce sont des petits cahiers reliés avec une couverture de cuir. Arnaud lui explique qu'ils appartenaient à Michel. Ce sont des journaux dans lesquels il décrivait toutes ses recherches sur René-Jean. Il y inscrivait également des impressions et des notes sur un tas de sujets et en particulier sur le Sénégal.

Pierre est surpris. Il demande à son père pourquoi il ne les lui a pas montrés avant. Arnaud s'en excuse, mais il n'y a pas repensé depuis toutes ces années. C'est l'histoire de Mahdi qui le lui a rappelé.

Pierre détache délicatement la ficelle de lieuse qui les maintient. Il prend le premier cahier de la pile et l'ouvre doucement. La page de garde est rédigée de la main de Michel. Une belle écriture. Toute en forme et en rondeur. Courbe et harmonieuse. L'encre est un peu passée et le papier à peine jaunit. On voit tout de suite que l'auteur s'est servi d'une plume pour composer.

Pierre a toujours eu beaucoup d'admiration pour son ancêtre qui a appris à vivre d'une seule main et de la gauche alors même qu'il se trouvait droitier. Il commence à lire. Arnaud débarrasse et nettoie la table du dîner. Il remplit d'eau la bouilloire et la pose sur la vieille gazinière. Il craque une allumette d'une main et s'approche du brûleur. De l'autre, il tourne le bouton et de petites flammes bleues s'animent. Arnaud souffle sur le court morceau de bois incandescent.

XXIII — TOURS, PRINTEMPS 2020

Aujourd'hui, c'est un grand moment. Mahdi a eu du mal à dormir. Il a même cauchemardé. Il était perdu dans le désert algérien.

La tempête de sable se levait et masquait toute la lumière du soleil. Dans la pénombre, il avançait face au vent le dos courbé. Il se cachait le visage et avait les yeux plissés pour éviter la poussière. Chaque pas semblait difficile et épuisant.

Il ne voyait presque plus rien. Il sentait une présence autour de lui. Il observait des ombres humaines qui progressaient dans le même sens que lui. Il voulait les appeler, mais il ne pouvait pas ouvrir la bouche au risque qu'elle se remplisse de sable.

Il essayait de s'approcher des silhouettes, mais elle disparaissait aussitôt, légère, porter par le vent. Comme un cerf-volant qui danse et qui dessine des figures dans un ciel azur. Il monte haut puis redescend d'un coup en frôlant la plage.

Mahdi pense avoir vu les visages de René-Jean, Amadou, son père, sa femme Amy et son ami Alioune. Ce mauvais rêve l'a réveillé en sursaut et en sueur au milieu de la nuit. Il s'est levé pour marcher pieds nus sur le parquet pour atteindre la fenêtre. Il ne ferme jamais les volets.

Il aime quand les lumières de la cité éclairent un peu la pièce et projettent des ombres changeantes sur les murs et le plafond.

Mahdi était resté un bon moment debout devant la vitre à regarder la ville. Il ne se souvient pas quand il est retourné se coucher. C'est le froid qui l'a poussé à regagner son lit et à se blottir sous la couverture. Il s'est rendormi facilement et profondément jusqu'au matin. Un beau soleil de printemps inondait déjà la pièce et avait chassé la nuit depuis longtemps.

Après une douche revigorante, il s'est habillé rapidement. Il avait pris soin de choisir ses affaires la veille. Une tunique aux couleurs éclatantes dénichée sur le petit marché, un pantalon de toile serré à la taille avec un cordon. Aux pieds des chaussettes blanches et des baskets de la même couleur. Il s'est laissé pousser les cheveux et il porte maintenant de belles boucles noires qui tombent jusqu'aux épaules.

À son réveil, il vérifie que la boussole se trouve bien dans son vieil étui. Il fourre un pull dans son sac et le referme. Il habite là depuis un bon moment, mais il n'a jamais complètement défait ses affaires. Une habitude. Une peur inconsciente de devoir partir à tout moment. Il passe dans la salle de bain avant de prendre son petit déjeuner. Il ajuste ses frisures devant la glace. Même avec une nuit difficile, il se découvre un air reposé. Ses grands yeux ténébreux ne marquent plus la fatigue, mais ils se livrent joyeux et rieurs. Il trouve toujours que son nez est trop épaté et qu'il tient ça de son père. Sa mère lui a donné un visage fin, une peau douce et lisse et une belle couleur brune.

Il s'asperge d'un peu d'eau de toilette. Il ramasse le flacon. Il le range dans son sac ainsi que sa brosse à dents. Au moment de sortir de la salle de bain, Alain l'appelait du bas de l'escalier.

Quand il entre dans la cuisine, Alain se tient debout près du réfrigérateur avec sa tasse à café d'une main et le journal de l'autre. Il invite Mahdi à prendre son petit déjeuner. Lui aussi a tenté un effort d'habillement. Il a troqué son vieux pull vert élimé pour une chemise et un petit gilet. Il s'est bien coiffé et il a même taillé sa barbe et nettoyé ses lunettes.

Alain lui dispense les nouvelles. Mahdi mange tout en acquiesçant aux propos de son hôte. Après quelques bouchées et deux gorgées de café, Mahdi raconte à son tour son étrange rêve. Alain pose le quotidien et s'inquiète pour Mahdi. Il le rassure. Alain voit dans ses yeux qu'il va bien, mais que ce rêve l'a perturbé.

Le chat entre de manière remarquée dans la cuisine en se frottant aux jambes d'Alain et en miaulant bruyamment. Il lui fournit ce qu'il veut. Quelques caresses et une boîte de pâtée. Quand la table est débarrassée et nettoyée, Mahdi monte récupérer son sac dans sa chambre et prend celui d'Alain. Ils chargent la voiture. Alain donne quelques consignes au félin déjà lové dans le fauteuil. Sa voisine devrait passer dans la soirée pour s'occuper de lui. Alain ferme la porte de la maison et la grille de fer du jardin. Il s'installe au volant.

Mahdi à côté de lui regarde son téléphone portable. Il n'arrive toujours pas à avoir des nouvelles de son ami Ousmane. Ils traversent la ville. Ils récupèrent Carole devant une gare non loin de là. Elle aussi s'est vêtue pour la circonstance.

Mahdi la trouve très élégante avec ce chemisier en soie, cette jolie veste cintrée et sa jupe droite. Elle dépose son sac dans le coffre et s'installe sur la banquette arrière. Alain et Mahdi la saluent et lui sourient. Carole, d'un ton amusé et un peu moqueur, remarque l'effort des tenues de Mahdi et Alain. Bien habillés pour la circonstance. Ils rient de bon cœur en quittant Paris en ce matin printanier. Une invitation au voyage et aux promenades bucoliques. Ils sont attendus tous les trois dans la maison familiale de Michel dans un petit village de Touraine sur les bords de la Loire.

Alain éteint le poste de radio et lance Carole sur les sujets d'actualités qu'il a lus au petit déjeuner. Il cite même, en se moquant avec sympathie, un article de sa passagère. Mahdi regarde avec envie les paysages qui défilent et qui s'habillent de vert. Il sourit quand il aperçoit sur le poteau du grillage qui borde la voie rapide un rapace immobile, car, depuis qu'il est arrivé en Europe et qu'il voyage, il en a vu un à chaque fois. Il revit cette même scène dès qu'il prend la route. Cet oiseau le suit. C'est son ange gardien.

Ils parviennent à Tours en fin de matinée. Mahdi trouve la ville très belle. Ces hautes maisons de pierres blanches et ces toits bleus. Ils longent la Loire pendant un moment avant de la traverser. Mahdi est fasciné par le fleuve qui s'écoule lentement, mais d'une force insoupçonnée et traînant des bancs de sable fluctuants qui flottent sur l'eau et dessinent des arabesques éphémères.

De l'autre côté de la Loire, ils prennent la petite route qui mène au village de Michel. Alain arrête un moment l'automobile pour s'orienter et s'assurer qu'il roule sur la bonne voie. Carole confirme en regardant rapidement son téléphone portable. Quelques minutes plus tard, ils arrivent dans le paisible village.

Ils bifurquent légèrement sur la droite puis s'engagent dans une ruelle en pente. Au sommet, Alain se gare dans la cour d'une belle demeure bourgeoise. Il stoppe la voiture. Mahdi s'assèche la gorge. Il est pris d'une angoisse soudaine et violente. Alain et Carole sont déjà descendus et se dirigent vers la grande porte d'entrée de la maison. Mahdi fait mine de chercher quelque chose dans ses affaires et surveille ce qui se passe à l'extérieur.

C'est Pierre et Arnaud qui sortent en premier pour accueillir leurs invités. Léa et Stéphanie les suivent de près. Enzo se tient juste derrière sa mère. Mahdi s'extrait discrètement de la voiture quand tous les autres se saluent et se présentent. Il arrive timidement vers le groupe. Il a peur et est très intimidé. C'est Léa qui résout le problème. Elle fonce tout sourire sur Mahdi et lui tend la main.

— Je te trouve très beau ! s'écrie-t-elle spontanément et avec un regard admiratif.

Mahdi ne sait plus où se mettre. Il est figé. Il finit quand même par ouvrir ses doigts vers ceux de la fillette. Elle ne lâche pas une seconde Mahdi et le tire vers le reste du groupe.

Pierre et son fils Enzo donnent de chaleureuses poignées de mains à Mahdi. Stéphanie les imite également. Arnaud regarde longuement Mahdi. Mahdi ne dit rien. Il n'arrive pas à parler.

Arnaud s'avance vers lui et le prend dans ses bras. Mahdi se laisse faire. Il est tétanisé. Arnaud l'étreint tendrement.

— Je m'honore de te voir et de te rencontrer.

Mahdi s'avoue soulagé et heureux. Léa, attire Mahdi dans la maison en le tirant par la main. Les autres suivent. Ils entrent dans la salle à manger. Il a été rangé pour l'occasion.

La grande table a été dressée pour les recevoir. Léa entraîne directement Mahdi vers une desserte au fond du salon. Elle a posé là tout le matériel de son reportage sur la Première Guerre mondiale.

— Léa, laisse un peu Mahdi arriver ! lance Stéphanie à sa fille.

Mais Léa est bien décidée à montrer tout son travail au beau jeune homme. Pendant que Léa expose tout à Mahdi, les invités s'installent. Alain et Pierre entament une discussion sur la maison, Carole regarde les photographies et les tableaux accrochés au mur. Stéphanie lui présente la galerie de portraits.

Enzo accompagne son grand-père dans la cuisine. Ils reviennent quelques minutes plus tard avec de grands plateaux. L'un avec des verres et des bouteilles et l'autre avec des bols remplis de délicieuses préparations culinaires.

Ils les déposent sur la table. Mahdi écoute attentivement les explications de Léa sur les documents et les images affichées. Sur plusieurs photographies, il reconnaît Michel.

Il aperçoit la même photographie de Michel, le bras en écharpe, les deux brancardiers et René-Jean dans une tranchée du front. Pas de doute. Mahdi a retrouvé la famille de Michel. Intérieurement, il se sent fou de joie. Il a réalisé son rêve. Il retient ses larmes.

Pendant qu'Arnaud remplit les différents verres, tout le monde s'approche de la table pour admirer le travail de Léa. Carole lui demande si elle peut prendre quelques photographies. Léa regarde sa mère et son père qui opinent de la tête. Elle s'exécute. Léa poursuit son explication.

Elle ne lâche pas la main et les yeux de Mahdi. L'exposé retrace tout le parcours de Michel durant la Première Guerre et après son retour du front. Elle a laissé une place pour René-Jean le sauveur de son ancêtre. Elle veut également y mettre Mahdi. Elle aimerait raconter l'histoire de la boussole. Mahdi est impressionné par le travail de Léa. Il arrive à ouvrir la bouche pour la féliciter. Elle rit.

Arnaud invite tout le monde à venir près de la grande table. Il souhaite lever un verre solennellement en hommage à la quête extraordinaire de Mahdi. À l'aventure commune de René-Jean et de Michel. Celle qui unit les deux familles autour d'un compas.

— Cher Mahdi, c'est avec une immense émotion et un profond respect que je t'accueille dans cette maison où Michel a aimé vivre. Celle qu'il a habitée avec sa femme Andrée jusqu'à sa mort. Celle où il a dû tout réapprendre pour se servir de sa main gauche. Celle dans laquelle Michel a lutté avec force et silence contre les douleurs chroniques causées par la perte de son avant-bras !

Il marque une pause.

— Quelle cruauté, cette effroyable guerre ! Cette maison dans laquelle il a travaillé sans cesse, mais en vain à rechercher son sauveur. Après son retour du front, il n'est pas revenu tout de suite à son cher jardin. Il lui a fallu du temps pour supporter l'odeur de la terre humide. Sa femme Andrée et leur fils Jean, mon père, ont su lui apporter tout l'amour dont il a eu besoin pour surmonter tout ça. Les atrocités des combats. Sa blessure. Je me considère comme fier et heureux de rencontrer le descendant de René-Jean. Il a entrepris tout ce voyage, au péril de sa vie, pour lier deux existences marquées du sang de la guerre. Deux hommes, deux familles, deux continents unis par la folie meurtrière. Un pacte éternel !

Il saisit son verre.

— Buvons !

Ils prennent un verre et Arnaud lève le sien. Tous les convives s'exécutent. Ils sont tous émus. Ils s'assoient à table. Mahdi retient ses larmes. Il voudrait que sa famille et ses amis assistent à cette scène. Léa s'est installée à côté de Mahdi. Tout le monde trinque.

Léa, Mahdi et Enzo se satisfont d'une boisson sucrée tandis que les autres dégustent un vin de Loire pétillant. Arnaud reste intarissable sur sa provenance. Une de ses connaissances dont le fils a repris le domaine viticole et qui perpétue la tradition. Carole et Alain l'apprécient et se montrent vivement intéressés par les explications de leur hôte. Stéphanie préfère ce vin avec une pointe de crème de fruit. Cette fois, c'est de la mûre.

Les discussions vont bon train autour des verres. Les trois plus jeunes personnes de la maisonnée semblent bien sages. Elles écoutent les conversations, sans mot dire. Léa trépigne et se lance d'un coup. Elle pose des milliers de questions à Mahdi. Il n'a pas le temps de réagir. Elle veut tout savoir sur l'Afrique et le Sénégal. Sur son voyage et sur sa famille. Mahdi essaie de suivre et il prend soin de répondre à toutes les sollicitations de la jeune fille. Enzo est captivé et n'hésite plus à interroger Mahdi à son tour. L'ambiance se détend au fur et à mesure des discussions.

Arnaud part dans la cuisine pour vérifier la cuisson du poisson de Loire. Il l'avait sorti du congélateur et préparé pour l'occasion. Un délicieux fumet envahit le salon dès que la porte s'entrouvre. C'est Arnaud qui annonce le repas. Il revient de l'office avec, à la main, deux bouteilles de Bourgueil. Encore un vigneron de sa connaissance. Stéphanie, Carole, Pierre et Alain sourient. Pierre attrape un tire-bouchon et débouche l'un des deux flacons.

— C'est pour le fromage ! À table !

Il retourne aussitôt dans la cuisine puis réapparaît quelques secondes plus tard avec le plat d'entrée. Léa part à son tour à l'office pour en revenir avec la corbeille de pain et une carafe d'eau. Mahdi, René-Jean, Michel, la Première Guerre mondiale, demeurent au centre des discussions du repas.

Mahdi, comblé de pouvoir parler de son voyage, raconte ce qu'il a vécu. Il est ravi d'évoquer le souvenir de René-Jean. Après l'entrée, Arnaud s'éclipse à nouveau pour préparer le poisson.

À la surprise générale, Mahdi demande s'il peut l'accompagner. Arnaud est étonné, mais enchanté par cette requête. Il l'invite à le suivre. Les autres convives continuent de discuter. Arrivé dans la cuisine, Arnaud décroche un tablier de la patère fixée derrière la porte et le tend à Mahdi. Il en prend un pour lui et l'enfile. Il sert bien le cordon autour de son ventre. Mahdi l'imite.

Arnaud soulève le couvercle de la poissonnière. Une bouffée de vapeur odorante s'en échappe. Un délicieux parfum vient chatouiller les narines de Mahdi et d'Arnaud. Ils se regardent et sourient. Arnaud éteint le feu sous la vieille gazinière. Il se saisit de deux torchons étendus à côté de l'évier puis il empoigne le plat par les deux anses. Il demande à Mahdi d'attraper un support sur le meuble et de le poser au milieu de la table.

C'est une œuvre de Pierre quand il se trouvait à l'école primaire. Il forme un assemblage de plusieurs pinces à linge de bois. Mahdi n'en avait jamais vu un comme celui-là. Il le met au milieu sur la toile cirée. Arnaud y installe le plat à poisson. Il demande à Mahdi de l'aider. Il garnit un grand bol de porcelaine avec les légumes. Ceux qui mijotaient à feu doux.

Mahdi prend la louche que lui tend Arnaud et le remplit avec délicatesse. Une fois que c'est plein, il repose le couvercle. Mahdi raconte à Arnaud, la pêche, chez lui à Saint-Louis au Sénégal. Les dizaines de façons de cuisiner les trésors des filets. Il connaissait toutes les recettes de sa mère Amy et de sa tante Rokhaya.

Il aimait tant les voir préparer les repas. Arnaud l'écoute avec attention puis il ajuste l'assaisonnement du plat qui renferme un beau brochet. Il retrace à Mahdi ce jour de pêche ou il l'a attrapé. Il commence à lui énumérer toutes les espèces de poissons qu'il y a dans le fleuve.

Mahdi parle aussi des variétés de son pays. Arnaud sort du tiroir les ustensiles pour la découpe et lui montre les bons gestes. Il n'en perd pas une miette et demande à Arnaud s'il peut s'essayer à son tour à cet art culinaire. Arnaud lui tend les instruments et il guide son nouvel apprenti. Pendant ce temps-là, Léa débarque dans la pièce. Elle s'impatientait, car elle ne voyait plus Mahdi. Elle se met en bout de table et regarde en silence et avec beaucoup d'attention le travail des chefs.

Mahdi et Arnaud finissent ensemble d'élaborer le plat. Arnaud termine la leçon de cuisine en montrant à son jeune apprenti comment réaliser un nappage onctueux pour accompagner le poisson. Il verse la préparation dans un bol et le confie à Léa. Ils entrent dans la salle à manger. Dans l'ordre, Léa porte la saucière, Mahdi les légumes et Arnaud le brochet. Tout le monde admire le travail.

Des mains aménagent une place pour poser le plat principal. Arnaud et Mahdi se débarrassent de leur tablier et s'assoient autour de la table.

— C'est Mahdi qui l'a coupé ! annonce Léa avec sourire et espièglerie.

Arnaud acquiesce et tous les invités félicitent les chefs. Arnaud retourne rapidement chercher dans la cuisine le seau dans lequel il avait mis une bouteille de Chablis à rafraîchir.

Mahdi goûte en premier. Sa chair blanche et fine fond dans la bouche. Il le trouve délicieux. Tout le monde savoure le plat. À l'exception d'Enzo qui n'aime pas beaucoup le poisson. Il insiste plus sur les légumes. Le repas se poursuit dans la bonne humeur. Les discussions vont bon train et les sujets sont variés. Enzo questionne avec intérêt Carole sur son métier de journaliste. Elle lui répond avec passion. Il est lui aussi sous le charme.

Après le fromage, la table est débarrassée pour laisser place au dessert réalisé par Léa et Stéphanie. Mahdi y goûte un peu. Uniquement aux doux. Il ne s'aventure pas sur les plus forts. Le repas se conclut avec le fameux gâteau au chocolat. Avant d'entamer sa part, Arnaud remplit les verres de vin des invités. Seule Stéphanie s'abstient. Elle préfère prendre un peu d'eau. Les agapes se terminent sur des notes d'amandes et de cacao. À la fin du déjeuner, Arnaud propose à tout le monde de se déplacer sur la terrasse derrière la maison et de profiter du temps printanier et de la vue sur la Loire.

Léa guide les invités pendant que Stéphanie et Pierre préparent les cafés. Mahdi, appuyé sur la rambarde, regarde le fleuve en contrebas. Il est fasciné. Enzo et Léa demandent à Arnaud s'ils peuvent descendre jusqu'au bateau. Ils vont y aller tous ensemble, indique Arnaud.

Sur la terrasse et sous un beau et doux soleil, il sert les tasses. Les cafés sont bus rapidement et ils commencent la visite du parc. Il montre le potager cher à son grand-père et les roses qu'aimait élever sa grand-mère. Ils passent sous la treille et gagnent le fond du jardin. Arnaud ouvre la petite porte avec une grosse clé de fer patinée qu'il sort de sa poche. Il la referme derrière Pierre et Stéphanie. Mahdi suit Léa et Enzo devant. Il ne leur faut pas longtemps pour arriver jusqu'à l'embarcadère de bois où sont amarrés la barque d'Arnaud et le futreau communal dont Arnaud s'occupe.

Arnaud tente un exposé complet des navires de Loire à Mahdi. Mahdi songe au bateau de René-Jean et à celui de son père. Il se voit très bien sur cette plage de pêcheurs à côté de Saint-Louis où il allait avec ses parents. Il sort de ses pensées quand Arnaud lui explique les dangers du fleuve. Les courants très forts. Les bancs de sable et les tourbillons. Carole et Alain écoutent attentivement.

Arnaud propose à Mahdi de l'emmener un jour naviguer sur la Loire. Mahdi répond avec un large sourire. Le petit groupe poursuit la promenade sur le chemin de halage. L'air frais et printanier aère toute la famille. Alain en profite pour sortir sa pipe. Il savoure ce plaisir simple. Guidés par Arnaud, ils marchent jusqu'au pont qui enjambe le fleuve. Léa, Enzo et Mahdi repartent devant.

Ils prennent quelques photographies avec leur portable et parlent de musique et de jeux. Ils arrivent bien avant le reste du groupe. Ils se postent devant la petite entrée qui donne sur la maison. Juste à côté de celle-ci, il y a un banc de pierre. Ils s'y assoient tous les trois et écoutent un son aigu et nasillard diffusé par le téléphone d'Enzo.

Ils n'attendent pas plus de dix minutes avant de voir revenir les autres. Arnaud ouvre le portillon et la troupe s'engouffre dans le jardin. Alain tape sa pipe sur un des jalons qui borde le fleuve. Il la range dans sa poche.

Ils remontent dans la maison et prennent le temps de desservir la table du repas et de laver la vaisselle. Tout le monde trouve une tâche pour aider. Pour finir, ils se retrouvent tous dans la cuisine. Elle paraît bien petite à ce moment-là. Puis Arnaud, Stéphanie, Pierre, Léa et Enzo accompagnent leurs invités dans la salle à manger pour évoquer leur venue et celle de Mahdi.

Tout à coup, la visite devient plus solennelle et moins conviviale. Heureusement que Léa ramène un peu de naturel et de simplicité. Elle reprend tous les documents laissés sur la desserte pour les mettre au milieu de la grande table du salon.

Mahdi attrape son sac et sort la photographie usée de René-Jean dans les tranchées. La même photographie que celle déjà posée par Léa. Celle de Mahdi est très abîmée. C'est alors qu'il glisse une main dans sa poche et saisit un petit étui de cuir élimé et craquelé. Il ouvre son poing et présente l'objet à la famille de Michel. Arnaud se redresse soudainement. Il est très ému. Enzo qui tapait des messages sur son téléphone s'arrête et s'avance près de la table. Pierre et Stéphanie regardent avec attention. Léa a de grands yeux écarquillés. Mahdi prend l'étui avec son autre main et retire le rabat. Il fait glisser délicatement et avec deux doigts la boussole. Il s'approche d'Arnaud. Il lui attrape un poignet et pose le compas dans le creux de sa paume. L'aiguille tremble et danse un moment avant de s'immobiliser. Mahdi se lance :

— J'ai imaginé ce moment depuis des années, mais je ne sais pas trouver les mots pour dire ce que je ressens en cet instant !

Il reprend son souffle.

— J'ai déniché, par hasard, cet objet dans les affaires de René-Jean après la mort de ma mère. Il était accompagné d'un petit billet de René — Jean qui, lui aussi, a essayé de retrouver Michel. Je me suis alors juré de tout tenter pour rencontrer les descendants de Michel et de rendre la boussole !

Sa voix est empreinte d'émotion.

— J'ai entrepris et fait un long voyage pour y parvenir. J'ai cru ne pas y arriver bien souvent. J'ai même fini par être désespéré. J'ai perdu des amis et j'en ai trouvé d'autres. Nos deux familles sont liées par l'histoire malgré nos différences. Je me sens fier d'avoir réalisé ce voyage. Je suis honoré de vous rendre cet objet. La boussole m'a guidé jusqu'ici. Comme une étoile dans le désert. Elle a traversé l'Afrique et la Méditerranée !

Mahdi, submergé par l'émotion, n'arrive plus à parler. Des larmes emplissent ses yeux noirs et coulent sur sa fine peau brune. Léa éclate en sanglots et trouve les bras de sa mère. Pierre retient ses pleurs. Il pose une main sur l'épaule de son père et essuie discrètement ses joues de l'autre. Enzo se tortille sur sa chaise et renifle bruyamment. Arnaud regarde la boussole. Il sent la présence de René-Jean. Il n'ose pas y toucher. Un bijou magique prêt à disparaître au premier regard.

Il avance doucement son index pour effleurer le laiton de la petite boîte. Ses yeux sont rougis. Il pleure. Il essuie ses larmes et caresse le verre protégeant l'aiguille de ses doigts mouillés.

Il approche l'objet de ses yeux puis il le retourne pour voir l'inscription gravée. Carole et Alain sont restés un peu en retrait, mais ils sont très émus devant cette scène. Carole griffonne quelques notes sur son carnet à la couverture de cuir noir.

Mahdi a, aussitôt, la sensation d'une immense fatigue. Ses forces l'abandonnent. Sa tête tourne et ses jambes ne le soutiennent plus. Il se recule et s'assoit. Il touche sa poche vide. Il a réalisé ce qu'il s'était promis, mais une part de lui vient de disparaître. Petit à petit, il reprend ses esprits.

Arnaud ne lâche pas la boussole. Léa attrape la main de son grand-père pour mieux voir l'objet précieux. Toute la famille autour d'Arnaud regarde la relique. Pierre et Enzo lisent à voix basse l'inscription :

« *Andrée pour Michel — 1910* ». Alain et Carole se sont rapprochés de Mahdi. Alain pose son bras sur l'épaule de Mahdi.

— Ce que tu as accompli est extraordinaire, Mahdi ! Tu peux te sentir fier de toi !

Mahdi regarde Alain avec ses grands yeux et esquisse un sourire. Il remet l'étui usé, qu'il avait gardé dans son poing fermé, sur la table du salon.

Stéphanie propose de fêter l'événement dignement en reprenant un verre. Tous les invités semblent d'accord et l'ambiance se détend peu à peu. Arnaud vient poser délicatement la boussole au milieu des documents exposés par Léa. Il s'excuse et quitte la pièce en direction de son bureau. Une ancienne chambre.

Quelques minutes plus tard, il revient avec un coffret poussiéreux. Il souffle dessus. Un petit nuage de particules se soulève et les derniers rayons du soleil passent à travers. Les grains restent en suspension un moment dans cette lumière diffuse. Il pose l'écrin sur la table devant Mahdi.

Mahdi regarde Arnaud intrigué. La boîte est fabriquée dans un bois précieux et marqueté.

— Tiens ! C'est pour toi ! Cette boîte appartenait à Michel et je devais la remettre à René-Jean une fois retrouvé. Où à sa famille ? Seuls mon père et moi le savions. Je m'étais persuadé, au fond de moi, qu'un jour, je pourrais la donner. Personne n'en connaît le contenu !

Mahdi ne dit rien. Il reste figer un court instant. Il hésite un peu puis il s'approche de l'objet. Il effleure avec ses doigts les arêtes de la boîte puis il descend jusqu'au minuscule crochet qui en maintient le rabat. Il le fait pivoter sur le côté pour dégager l'anneau. Il ouvre le couvercle.

À l'intérieur de l'écrin, une poche en velours vert fermée par un cordon de fil doré. Mahdi la retire et la pose sur la table à côté du coffret. Il dénoue la boucle du lien puis glisse la main à l'intérieur. Ses grands yeux noirs se mettent à rire. Il balance sa tête pour dégager ses cheveux de son visage et montre un large sourire. Il en ressort une belle boussole de laiton.

C'est très exactement la même que celle qui vient de donner à Arnaud et à la famille de Michel. Celle-là semble presque neuve. La bordure s'avère lisse et brillante. L'aiguille danse sous les mouvements de la main de Mahdi. Au dos, il lit à haute voix.
— Pour René-Jean — CDM 1917. CDM ?
— Je sais ! Chemin des Dames !
— Bravo, Léa !
Mahdi n'en revient pas. Il présente le compas puis il le fait passer de main en main. Il a retrouvé ses forces. Il se sent joyeux.

Pierre et Arnaud se regardent et rient du tour joué par Michel à toute la famille. Carole photographie la nouvelle boussole et ajoute un gros plan sur l'inscription. Mahdi ne la quitte pas des yeux. Il pense avec malice qu'elle va vite trouver sa place dans sa poche.

Durant la fin de l'après-midi, Arnaud raconte son grand-père. Comment s'est-il battu toute sa vie pour utiliser sa main gauche ? Comment a-t-il lutté pour garder son poste d'instituteur dans la commune ? Il parle des recherches de Michel pour retrouver René-Jean. Il y a toujours des lettres qui dorment dans de vieux cartons au grenier. Il va les descende un jour pour les trier. Une douce et agréable pénombre a envahi la pièce depuis que le soleil s'est couché.

Alain et Carole resteraient bien encore un peu pour discuter, mais il faut regagner Paris. Carole travaille tôt, le lendemain, au quotidien et Alain à une réunion importante avec l'association d'aide aux voyageurs.

Pierre et Stéphanie ne parcourent pas beaucoup de chemin pour rentrer à Tours, mais les enfants vont à l'école et doivent effectuer leur devoir. Léa rassemble et range tous les documents avec délicatesse. Elle glisse la boussole de Michel dans son étui usé, le referme et le donne à Arnaud.

Arnaud la remercie en déposant sur son front un petit baiser. Mahdi n'a pas bougé. Il se sent bien et il demande à Arnaud s'il peut rester encore un peu.

Arnaud semble enchanté par la proposition de Mahdi. Alain pense que c'est une excellente nouvelle. Cela surprend un instant Stéphanie et Pierre, mais, finalement, ils trouvent également que c'est une très bonne idée. Alain et Carole donnent une chaleureuse accolade à Mahdi.

Devant la maison, côté village, Carole et Alain s'installent dans leur voiture. Le véhicule démarre et sort de l'enceinte. Mahdi les suit du regard avant qu'ils ne franchissent le coin de la rue. Léa saute dans les bras de Mahdi. Enzo cligne de l'œil et pose son poing contre le sien. Pierre et Stéphanie embrassent le jeune homme et Arnaud. Ils traversent la cour puis montent dans leur voiture. Des mains sortent de l'automobile et s'agitent jusqu'à ce qu'elles disparaissent elles aussi dans le village. Les lampadaires s'allument progressivement et projettent un halo orangé dans la ruelle. Arnaud clôt le grand portail.

Ils rentrent dans la maison. Arnaud referme derrière lui et met de la lumière. Ils entrent dans la salle à manger. Mahdi commence à débarrasser la table, mais Arnaud l'interrompt.

— Rien ne presse. Je vais d'abord te montrer ta chambre !

Mahdi repose les couverts et les assiettes et précède Arnaud dans l'escalier qui mène aux étages. Construit en pierres blanches, il est un peu usé. Un beau garde-corps en fer forgé grimpe le long des marches. Il est surmonté d'une rambarde de chêne. Mahdi suit les pas d'Arnaud. Il emprunte le même chemin que celui effectué autrefois par Michel.

Au premier, Arnaud ouvre la porte d'une chambre. Il actionne l'interrupteur. Une lumière douce et jaune inonde la pièce. Assez étroite, elle est meublée d'un lit en bois de taille moyenne, à côté duquel il y a une table de nuit. Une lampe avec un abat-jour rouge y est posée. Il y a aussi un petit guéridon avec une chaise. Dans un coin, une armoire avec une glace. Au sol, un beau parquet qui craque légèrement sous les pas de Mahdi et d'Arnaud.

La chambre donne du côté de la Loire. La fenêtre face à la porte est fermée. Les volets également. Arnaud prévient Mahdi que d'ici la vue reste magnifique sur le fleuve. Mahdi sourit. Arnaud ouvre le battant de l'armoire dans un grincement aigu. Il sort un ensemble de drap et couverture qu'il pose sur le lit. Il invite Mahdi à le suivre sur le palier. Il éteint la lumière. Il ferme derrière lui. Il indique à Mahdi les toilettes et entrebâille la porte de la salle de bain. Elle est située juste à côté de celle qu'ils viennent de regarder. Arnaud montre à Mahdi une deuxième chambre au même niveau. La sienne. Il pointe du doigt l'escalier qui mène aux étages supérieurs en précisant à Mahdi qu'il a tout le temps de visiter la maison le lendemain.

Ils redescendent dans la grande pièce à vivre et se mettent tous les deux à ranger le salon. Pendant qu'ils desservent les restes du repas, ils parlent de toutes les choses qu'ils vont pouvoir réaliser ensemble. Arnaud est enchanté de compter Mahdi avec lui et il lui promet de lui faire découvrir tout ce qu'il aime. Mahdi est ravi et montre de larges sourires à Arnaud.

Ils ne se connaissent pas depuis longtemps, mais il naît déjà une sincère complicité entre eux. La table de la salle à manger est vite débarrassée, mais le travail dans la cuisine ne manque pas. Il faut garder et emballer les restes du repas puis entreprendre le nettoyage. Il y a bien un appareil pour ça, mais il ne fonctionne pas et le réparateur n'est toujours pas passé.

Mettre de côté les morceaux du poisson est la besogne la plus longue. Mahdi observe avec attention tous les gestes de son hôte. Ils vont en manger pendant plusieurs jours. Pour la vaisselle, c'est Mahdi qui prend l'initiative de laver.

Arnaud récupère un torchon sec pour essuyer. La tâche devient propice aux discussions. Mahdi évoque la Loire. Arnaud, heureux, peut raconter son fleuve. Il ne s'arrête plus de parler. Mahdi, les mains dans l'évier et couvertes de mousses, ne perd rien de la conversation. Tous les deux ne voient pas le temps passé.

La vaisselle est très vite terminée et rangée. Une sonnerie de téléphone retentit et interrompt la discussion. Arnaud va dans l'entrée et décroche le combiné. C'est Pierre, le fils d'Arnaud qui prévient qu'il est bien rentré et qu'il était ravi de cette journée. Mahdi passe ses mains sous le robinet pour les débarrasser de la mousse.

Arnaud revient et range les derniers verres. Il étend le torchon sur le dossier d'une des chaises de la cuisine. Il demande à Mahdi s'il a faim et s'il veut manger un petit peu. Mahdi lui répond que non. Il a bien déjeuné ce midi et il n'a vraiment pas d'appétit. Arnaud non plus. Ils reviennent dans le salon. Arnaud éteint la lumière du plafond et préfère allumer deux lampes plus chaleureuses. Ils s'installent dans les vieux fauteuils.

Arnaud semble fatigué. Il montre des traits tirés. C'est à ce moment-là que tous les deux prennent dans leur poche la boussole. Arnaud retire l'étui de la sienne et Mahdi sort la sienne du sac de velours vert. Ils rient ensemble quand ils mettent dans leur main leur compas respectif. Arnaud contemple avec attention celle de Michel. Il songe à tout ce qu'elle a vécu depuis le jour où Andrée, sa grand-mère, l'a donné à Michel. Il passe son pouce doucement sur l'inscription gravée pour en ressentir tous les dessins. Mahdi pose la sienne sur le petit sac et regarde, fasciné, l'aiguille qui s'agite puis se stabilise.

Il pense à Michel qui a recherché René-Jean pendant des années. Il saisit la boussole entre ses doigts et admire la bordure de laiton. Mahdi se lance. Il commence à retracer en détail à Arnaud la découverte de l'objet. C'était à Saint-Louis dans un vieux bric-à-brac. Depuis elle a suivi un très long périple jusqu'ici. Arnaud est complètement pris par le récit de Mahdi. Mahdi raconte à Arnaud le désert et la chaleur. La peur. La faim et la soif. Il est si chanceux d'avoir réussi sa mission.

Il parle à Arnaud de ses amis Alioune et Ousmane qui, au début, se moquaient de lui quand il expliquait le but de son voyage vers l'Europe. Arnaud se redresse un peu dans son fauteuil et pose affectueusement une main sur le genou de Mahdi.

— Tu fais partie de la famille, Mahdi !

Mahdi ouvre ses grands yeux. Une larme glisse lentement sur sa joue.

XXIV — CALAIS, PRINTEMPS 2020

Le corps d'Ousmane a été transporté au service de médecine légale de l'hôpital pour son autopsie. Le commissariat a dépêché sur place un enquêteur pour effectuer toutes les démarches administratives requises. Ce n'est pas la première fois qu'il doit se rendre à la morgue dans ces circonstances.

Les affaires d'Ousmane ont été déposées dans des pochettes plastiques. Dans l'une d'elles, le détective trouve un téléphone en pièces détachées. La carte électronique est détruite. On pourrait l'envoyer au laboratoire pour une analyse plus approfondie. Mais à quoi bon perdre du temps sur cette affaire ? Personne ne va venir réclamer la dépouille de toute façon.

Cette année, c'est déjà la dixième histoire du même genre. Il passe très vite en revue tous les sacs. Il ne trouve aucun papier d'identité. À travers les poches plastiques, il inspecte et tâte rapidement le contenu à la recherche d'indices. Sur le côté opposé de la pièce, l'examen du corps d'Ousmane commence.

Le fonctionnaire s'apprête à ranger les différents effets du défunt quand il aperçoit une coupure de presse pliée. Il pose le reste des affaires et enfile une paire de gants en latex. Il ouvre le sachet et en sort le morceau de papier. Il le défait avec précaution. Une partie est couverte de sang. Un fragment de journal semble déchiffrable et l'enquêteur pense bien y trouver des indices. Il s'agit d'un article consacré à un autre aventurier.

Il lit le texte en diagonale « [...] *l'enfer de la route des voyageurs [...] Bien des années plus tard, Mahdi... îles Canaries... renvoyées au Sénégal... Mali, l'Algérie et le Maroc... La traversée de la Méditerranée... Arrivé en France et à Paris... Fatigué et découragé, Mahdi n'en peut plus... mettre fin à ses jours... Une association vient en aide à Mahdi...* ».

L'enquêteur sort un calepin et un stylo et griffonne quelques mots. Il y écrit également le nom du quotidien qu'il déchiffre avec beaucoup de mal en bas du morceau de la coupure de presse.

Il est déjà tard à Paris. Carole s'apprête à rentrer chez elle après une dure journée de travail quand une sonnerie de téléphone retentit dans la salle de rédaction. Il n'y a plus personne à part Carole. Elle intercepte l'appel sur l'un des postes. La communication dure une vingtaine de minutes. Carole retrouve un visage grave et elle se pince légèrement la lèvre inférieure pendant la conversation. Elle se laisse tomber dans le fauteuil de l'agence. Elle prend un stylo dans le pot à crayon et écrit quelques mots. Quand elle raccroche, sa figure devient pâle et chargée d'inquiétude.

Elle se déplace jusqu'à son poste de travail et ouvre son ordinateur portable. Elle le rallume et se connecte. Elle se met directement à rechercher des éléments sur internet. Elle trouve assez rapidement l'article du quotidien local de Calais qui mentionne un accident sur la route du tunnel et la mort d'un jeune voyageur. Avec les données que l'enquêteur vient de lui transmettre, elle réalise tout de suite le rapprochement avec Ousmane, l'ami de Mahdi.

Elle prend son téléphone portable et appelle Alain. L'entretien ne dure pas. Il se retrouve dans la maison d'Alain. Carole éteint sa machine et quitte précipitamment les bureaux du journal. Elle se signale de la main auprès du gardien avant de s'engouffrer dans le parking. À cette heure-là, il ne lui faut pas très longtemps pour gagner la banlieue et se rendre chez Alain.

Quand elle arrive, il attend dans le patio et tire nerveusement sur sa pipe. Elle pose ses affaires sur le canapé du salon et rejoint Alain à l'extérieur. Il discute un moment dehors et c'est la pluie qui met fin à l'échange. Ils rentrent précipitamment. Le chat en profite également pour sauter sur la terrasse et venir s'abriter à la maison.

Carole poursuit la conversation dans la cuisine pendant qu'Alain prépare un repas improvisé. Elle raconte à Alain l'appel de l'enquêteur de Calais et les indices qui mènent à Mahdi. Pour elle, ça ne fait aucun doute, il s'agit bien d'Ousmane. D'autant plus que ça corrobore le fait que Mahdi attend toujours des nouvelles d'Ousmane.

Elle se dirige vers le réfrigérateur. Elle ouvre la porte et attrape une bouteille de vin blanc bien entamée. Elle la pose sur le bar et prend deux verres dans le vaisselier. Elle les remplit généreusement et en tend un à Alain.

— Il faut prévenir Mahdi !

Alain acquiesce. Il invite Carole à s'asseoir avec lui à table autour du repas. Carole va récupérer le plus d'informations possible sur ce tragique accident. Alain va appeler Mahdi demain pour lui annoncer la mort de son ami. Il pense également se rendre chez Arnaud pour la fin de semaine s'il le peut.

Il termine le dîner en cherchant un moyen pour communiquer l'effroyable nouvelle à Mahdi. Tous les deux savent combien il reste encore fragile. Carole, avec son téléphone, lit l'article du journal local à Alain.

Pendant ce temps, Alain débouche une autre bouteille et ressert les deux verres. Dehors la pluie n'a pas cessé. Elle frappe les carreaux de la fenêtre de la cuisine comme pour s'inviter à la table d'Alain puis glisse le long des vitres et s'écoule sur le rebord pour finir sur le gravier. Les lumières de la ville se reflètent dans les gouttes. Elles brillent dans la nuit.

Sur la terrasse, la pluie a recouvert les lattes de bois d'un mince film d'eau dans lequel se mirent les éclairages de la cité et les derniers trains qui passent. Alain invite Carole à rester chez lui ce soir. Il se lève et s'approche de Carole. Il lui prend délicatement la main. Elle l'imite. Ils se serrent l'un contre l'autre. Il avance son visage du sien et colle ses lèvres contre les siennes. Ils s'embrassent longuement. Alain saisit Carole par la taille et la conduit jusque dans sa chambre.

Le lendemain matin, c'est le chat qui réveille Alain. Il n'a pas entendu partir Carole. Le ciel est encore couvert, mais de son lit il aperçoit un coin de bleu. Le félin a profité du fait que la porte soit restée ouverte pour sauter sur la couette et se rouler en boule en poussant un léger miaulement de contentement.

Alain se lève et file prendre une douche. Il s'habille et se prépare une grande tasse de café. Il trouve sur la table de la cuisine, un petit mot écrit par Carole. Elle va l'appeler dans la journée. Sa coupe dans la main, il se rend sur la terrasse et regarde la ville qui s'éveille. Elle s'égoutte de la pluie de la veille. Les lattes de bois sont détrempées. Il pense à Mahdi et à la nouvelle qu'il va devoir lui donner.

Il met sa tasse sur la table de fer du jardin et sort sa pipe. Il l'a remplie de tabac et le tasse avec son briquet. Il pose le bec sur ses lèvres et l'allume. Il procède par quelques petites et rapides aspirations. Il reste à fumer un long moment. De retour dans le salon, il prend son téléphone portable et appelle Mahdi. Il tombe directement sur la boîte vocale. Il laisse un message. Il range un peu. Il sort le chat, mécontent, et quitte sa maison pour rejoindre l'association des voyageurs.

Ce matin, c'est Arnaud qui a réveillé Mahdi. Il est allé frapper doucement à la porte de sa chambre jusqu'à ce qu'il entende une réponse. Il fait encore nuit. Arnaud s'est levé depuis plusieurs heures déjà.

Mahdi émerge lentement du sommeil et se rend tout de suite dans la salle de bain. Il prend une douche rapide. Une main dans ses cheveux bouclés en guise de coiffure. Il s'habille chaudement. Depuis qu'il demeure ici, il trouve la maison d'Arnaud un peu froide. Il glisse sa boussole dans sa poche.

Quand il arrive dans la cuisine, le petit déjeuner l'attend. Il remercie Arnaud et s'attable. Arnaud, debout, se serre une tasse de café. Il y ajoute deux morceaux de sucre et les mélange avec une petite cuillère. Mahdi a remarqué qu'au pied de l'escalier tout le matériel se trouve déjà prêt. Arnaud annonce, sûr de lui, que la journée va devenir belle même si des nuages s'attardent au-dessus de la Loire. Il indique à Mahdi qu'il a dégotté une paire de bottes qui devrait lui aller ainsi qu'une salopette de pêche qui appartenait à son fils Pierre.

Mahdi mange deux grosses tartines de pain beurré et se brûle les lèvres avec le thé. Il repose le bol et souffle doucement. Il essaie son matériel pendant que son infusion refroidit. Il porte un équipement un peu petit sauf les chaussures de caoutchouc. Légèrement trop grandes. Il termine son breuvage. La table est vite débarrassée. La vaisselle sale est laissée dans l'évier.

Arnaud met dans une glacière le repas du midi qu'il a pris soin de préparer. Ils chargent tout le nécessaire sur leur dos et sortent de la maison par la porte du jardin. Le jour se lève à peine, mais la luminosité fournit suffisamment de clarté pour les deux hommes. Ils se dirigent vers l'embarcadère. Un voile de brouillard blanc et léger caresse les eaux du fleuve. Ils déposent tout le matériel dans la barque d'Arnaud. Il monte en premier et organise les places. Mahdi détache l'amarre avant de grimper à son tour dans le canot.

Mahdi est surpris par le calme qui règne. Seuls quelques oiseaux matinaux se font entendre discrètement. Sur la rive, quelques animaux dérangés par le bruit des deux pêcheurs s'abritent furtivement. Arnaud glisse les avirons de bois dans les dames de nage et commence à ramer doucement.

Mahdi et Arnaud ne parlent pas et profitent de cet instant privilégié. Il n'y a que le son des pales qui entre au contact de l'eau et le grincement contre les supports de métal. À chaque coup, de petites ondulations se propagent autour du bateau. Il avance lentement sur les flots calmes de la Loire.

Depuis la rive, la barque disparaît dans la brume. Mahdi remercie une nouvelle fois Arnaud pour tout ça. Arnaud accepte, mais il dit encore à Mahdi qu'il fait partie de la famille. Arnaud rame doucement pendant un bon moment.

Avec les premiers rayons du soleil, le brouillard s'effiloche. Dissous par la lumière. Il rase presque l'horizon. Il éclaire intensément les eaux de la Loire qui brillent comme mille feux. Arnaud effectue une manœuvre pour amarrer la barque à une perche de bois plantée non loin de la rive, car à cet endroit le courant montre sa force.

Arnaud déclare la journée de pêche ouverte. Tous les deux vérifient leurs cannes, les hameçons et les appâts. Mahdi ferme les yeux et se retrouve un instant avec son père.

Ils naviguent sur son bateau au large des côtes de Saint-Louis. L'embarcation danse dans une petite houle capricieuse. Mahdi et Amadou sont secoués dans tous les sens. Ils remontent doucement leur filet et les maigres prises du jour.

Quand Mahdi rouvre les paupières, Arnaud a déjà sorti une belle perche-soleil. Mahdi actionne le moulinet et enroule le fil de sa canne avant de relancer plus loin l'hameçon. Arnaud donne quelques conseils avisés au jeune pêcheur. Il lui montre comment bien positionner les appâts et comment bien jeter sa ligne.

Mahdi écoute attentivement les suggestions d'Arnaud. Autour d'eux, le brouillard a laissé place à un beau soleil. Tout respire le calme et la quiétude. La vie animale s'éveille doucement. Oiseaux, rongeurs et poissons reprennent possession du lieu. Au milieu de cette nature sauvage et superbe, Arnaud et Mahdi, spectateurs privilégiés, profitent de ces instants de sérénité. Ils parlent peu, mais échangent des regards complices.

Arnaud se couvre la tête avec un vieux chapeau de toile et pose sur celle de Mahdi une casquette un peu petite. Ses boucles des cheveux noirs dépassent largement. Arnaud rit. Mahdi se sent bien. Ils déjeunent de bonne heure et rentrent à l'embarcadère en début d'après-midi. Ils reviennent avec trois trophées. Mahdi a réussi à en sortir un. Il sourit de contentement. Arnaud aussi.

Quand tout le matériel est rangé, les poissons sont placés dans une grande cuvette. Arnaud et Mahdi quittent leurs habits de pêche et ils vont les étendre dans le petit abri vitré qui jouxte la maison côté jardin.

Mahdi attrape son téléphone portable et capture quelques photographies des belles prises du jour. Il les envoie à Rokhaya. Mahdi s'effondre dans un fauteuil de la salle à manger. Il tombe de fatigue. Avant de faire à une bonne sieste, il écoute le mot d'Alain. Il le trouve un peu mystérieux. Il pose son appareil et s'assoupit.

À son réveil, Arnaud est sorti. Il a laissé un billet sur la table du salon disant qu'il partait au village pour aller chercher du pain. Il prend son téléphone. Il y a un message de Rokhaya qui se réjouit de cette belle partie de pêche. Elle s'avoue heureuse pour lui. Elle veut tout savoir sur sa vie chez Arnaud. Elle termine avec de petites icônes. Un pouce levé, un cœur et un poisson.

Mahdi rappelle Alain.

— Allo ? Alain, c'est toi ?

XXV — BORD DE LOIRE, PRINTEMPS 2020

À l'autre bout de la ligne, c'est bien Alain qui répond. Il commence par demander à Mahdi comment il va. Mahdi indique qu'il se porte bien, qu'il revient d'une bonne journée de pêche sur la Loire et qu'il a sorti un beau poisson.

Alain souhaiterait venir pour la fin de semaine si Arnaud donne son accord. Il doit l'appeler également ou passer par Pierre. Alain s'interrompt un court instant puis reprend la conversation en disant à Mahdi qu'il a une mauvaise nouvelle à lui annoncer. Mahdi devient inquiet. Son cœur se serr et il soupire longuement.

Alain raconte à Mahdi comment un enquêteur de la police de Calais a joint Carole au quotidien pour lui parler de l'article de journal qui le mentionne. C'est un morceau de papier qui a été retrouvé sur le corps d'un voyageur après un accident de la circulation. Le fonctionnaire cherche à identifier le cadavre et cet article de presse bien plié trouvé sur la victime s'avère le seul indice qu'il ait. Alain marque une pause et poursuit en déclarant que c'est certainement Ousmane.

Mahdi sent le sol qui se dérobe sous ses pieds et ses jambes qui ne le soutiennent plus. Ses poignets lui font de nouveau mal. Il s'assoit. Des gouttes de sueur perlent sur son front. Sa gorge s'assèche. Il ne dit rien. Il est tétanisé. Il laisse tomber ses bras le long du fauteuil et ouvre ses mains. Le téléphone chute sur le carrelage.

Alain continue de parler, mais Mahdi n'entend plus. Le regard perdu, il paraît complètement absent. Il voudrait hurler, mais aucun son ne sort de sa bouche. Tout autour de lui s'écroule comme le cyclone qui arrache et avale tout sur son passage. Il a mal partout.

Au moment où, les larmes lui montent aux yeux, il se lève. Il traverse la maison. Il va dehors et marche vers le fond du jardin. Il arrive à la petite porte. Il la déverrouille et franchit la propriété. Il se met à filer le long du fleuve sur le chemin de halage. Rien ne peut le stopper. Il transpire et il pleure. Il sanglote. Il est essoufflé. Il continue sa course sans s'arrêter jusqu'à en perdre haleine.

Quand Arnaud rentre, il ne trouve pas Mahdi. Tout est ouvert. L'entrée du jardin également. Il appelle Mahdi, mais n'obtient pas de réponse. Il le cherche dans toute la demeure. Il ramasse le portable dans le salon. Il sent que quelque chose de grave est advenu. Il fonce dans le vestibule et téléphone à son fils.

— Allo ! Pierre ! Mahdi a disparu ! Il s'est enfui !

Pierre ne comprend pas et tente de rassurer son Arnaud. Il lui dit de raccrocher. Il va joindre Alain et Carole. Peut-être qu'eux savent ce qui a pu lui arriver. Il va le rappeler dès qu'il obtient plus d'informations. En attendant, il demande à son père de rester à côté du combiné. Arnaud s'exécute.

Pierre téléphone à Alain. Pierre apprend la nouvelle de la mort d'Ousmane et il explique à Alain que Mahdi est parti. Pierre lui dit qu'il se rend sur le champ chez Arnaud et qu'il va chercher Mahdi. Alain entreprend le nécessaire pour aller récupérer Carole. Ils arrivent aussi vite qu'ils peuvent.

Mahdi court toujours. Il ne peut pas s'arrêter. Ses larmes coulent en flot continu. Il ne sent pas la fatigue. Il ne ressent pas le froid. Il ne voit pas la nuit qui s'avance. Son cœur bat fort et lui fait mal. Il tape contre sa poitrine. Il voudrait se l'arracher. L'obscurité a tout envahi. Des reflets de lune ondulent sur le fleuve.

Épuisé, Mahdi s'arrête au bord de l'eau. Il s'étend dans l'herbe fraîche et regarde le ciel sans étoiles. Il reste là pendant longtemps. Tout son voyage depuis le Sénégal lui revient en mémoire. Sa rencontre avec Ousmane et Alioune. Leur périple vers l'Europe. Il pleure quand il pense au sourire de son ami. À son enthousiasme et son optimisme communicatif. Il revoit la scène sur le bateau ou Alioune a disparu happé par une vague.

Il se lève et se déshabille. Il ne sent pas le froid. Il s'avance et entre dans l'eau. Il laisse ses bras tomber le long de son corps. Ses doigts effleurent et caressent le fleuve sombre. L'herbe douce chatouille ses pieds et la vase passe entre ses orteils. Il continue à marcher.

Quand les flots lui couvrent la taille, il voit ses parents, Amy et Amadou. Ils sont partis trop tôt emportés par la maladie. Il songe à Rokhaya, combien elle se montre fière de lui, de son voyage et de sa quête ? Il pense à Arnaud, au cadeau qu'il a reçu et à cette phrase qu'il a prononcée : « *Mahdi, tu fais partie de la famille !* ». Il se revoit au côté d'Alain et Carole. À l'excursion dans le nord de la France. Il imagine René-Jean.

— Que vais-je devenir René-Jean ? Dis-le-moi !

Il regarde le ciel et s'allonge sur l'eau froide. Elle lui saisit l'arrière de la tête puis les oreilles avant de recouvrir complètement son visage. Il ferme les yeux et se laisse couler doucement. Il frissonne. Il se sent apaisé. Il descend lentement. Maintenant il marche dans les eaux fraîches et troubles de son champ d'agonie.

Arnaud, n'y tenant plus, n'a pas attendu son fils pour partir à la recherche de Mahdi. Il a laissé un mot sur la table de la cuisine. Dans la remise, il a attrapé un sac à dos dans lequel il a glissé, une vieille lampe torche, une bouteille thermos, un pull, un blouson chaud et une serviette de bain. Il passe la petite porte du jardin et la referme derrière lui.

De l'autre côté du mur, il ne sait pas par où aller. Il décide de commencer par l'embarcadère. Là, pas de trace de Mahdi. Arnaud appelle.

Il hurle le prénom de Mahdi, mais pas de réponse. Debout sur le ponton, Arnaud balaie la surface du fleuve avec sa lampe. Il revient sur le chemin et continue d'avancer à la recherche de Mahdi.

Quand Pierre arrive à la maison, il l'a trouve vide. Il appelle son père, mais il n'y a personne. Il entre tour à tour dans le salon puis dans la cuisine. Il découvre le mot écrit par Arnaud.

— Mais ce n'est pas vrai !

Il avait bien demandé à Arnaud de rester là et de l'attendre. Il prend son téléphone et laisse un message à Alain. Il se trouve certainement sur la route pour venir jusqu'ici. Pierre sort dans le jardin, traverse la roseraie et se tient devant la porte. Il l'ouvre.

Le chemin est tout juste éclairé par une lune blanche et pâle. Une fois de plus, il hèle son père et Mahdi. Sa voix ne porte pas loin et s'évanouit dans la nuit. Il retourne dans la maison et récupère ses affaires. Il laisse un message à Alain et Carole. À son tour, il se dirige vers l'embarcadère.

Le ponton et les bateaux vides oscillent dans le courant. Pierre remonte la glissière de son blouson. Il reprend le chemin. Tout semble étrangement calme à l'exception de quelques animaux partis en chasse et qui bruissent le long du fleuve. Il marche une bonne heure avant d'atteindre le vieux pont de pierres. Il le voit depuis pas mal de temps à cause des lampadaires qui éclairent faiblement son tablier.

Il distingue une silhouette sur l'ouvrage qui vient dans sa direction. À l'entrée, il reconnaît son père. Arnaud lui explique qu'il est allé de l'autre côté et qu'il n'a pas trouvé de trace de Mahdi. Ils reprennent les recherches tous les deux du même côté de la rive sur le large chemin. Arnaud a l'air essoufflé. Pierre l'exhorte à se reposer un peu pour récupérer. Mais il veut continuer. Il ne va s'arrêter que quand il va trouver Mahdi sain et sauf.

Ils marchent tous les deux sans dire un mot depuis maintenant deux heures. Seul le prénom de Mahdi résonne dans la nuit. Avec leur lampe, ils éclairent tour à tour la rive, le chemin et le talus. Toujours aucune trace de Mahdi. Le silence est rompu par la sonnerie du téléphone de Pierre.

— Allo ? Oui, c'est Pierre ! Non ! Alain, aucune nouvelle de Mahdi ! Où vous trouvez-vous ? D'accord, retrouvez-nous. Prends ta voiture et rejoins-nous sur la route de la levée. Au pont, tu continues vers la ville. On avance sur le chemin en contrebas. À tout de suite !

Pierre range son téléphone et rattrape son père, quelques dizaines de mètres devant lui. Deux petits yeux brillent furtivement dans le faisceau de la lampe d'Arnaud et disparaissent rapidement dans l'eau.

Pierre et Arnaud s'accordent une pause en remontant au niveau de la route pour attendre Carole et Alain. Il ne faut pas longtemps avant de voir arriver vers eux les phares de la voiture. Alain les dépasse et se range quelques mètres plus loin sur le bas-côté.

Sans perdre une minute de plus, les voilà tous les quatre descendus sur la voie à la recherche de Mahdi. La lune se voile légèrement. La piste traverse un large pré. La rosée s'est déposée en gouttelettes généreuses sur les hautes herbes. Arnaud choisit de prendre le petit sentier qui longe la Loire. Carole, Pierre et Alain continuent sur le chemin. Ils se retrouvent de l'autre côté. Les chaussures d'Arnaud sont rapidement trempées avec ces grandes herbes humides.

La lampe torche d'Arnaud ne contient plus beaucoup d'énergie. Elle éclaire par intermittence. Heureusement, ses yeux sont maintenant habitués à l'obscurité. À cet endroit, le fleuve dessine un large méandre et découvre une petite plage de terre à la végétation clairsemée.

À quelques mètres de là, il aperçoit une forme sombre au bord de l'eau. Il s'approche à grands pas et voit les vêtements et les chaussures de Mahdi.

— Carole ! Pierre ! Alain ! Par ici ! Vite !

Ils courent vers Arnaud. Pas de trace de Mahdi. Face à la Loire, Alain crie le prénom de Mahdi comme on lance une bouteille à la mer. Pierre et Arnaud répondent en écho à Alain. Alain tombe à genoux au sol. Il prend sa tête entre ses mains. Carole fouille les alentours.

Mahdi, à bout de souffle, rouvre les yeux. Il est sous l'eau. Il ne voit rien. Ses pieds ne touchent plus le fond. Il panique. Il dessine des mouvements avec ses jambes pour tenter de remonter à la surface. Il y parvient après des efforts épuisants. Quand sa tête et sa bouche sortent des flots, il prend enfin une immense inspiration. Il y a un courant fort et il a du mal à se maintenir hors de l'eau. Il en avale sans arrêt et la recrache aussitôt. Il manque de s'étouffer. Il tousse. Mahdi essaie de repérer la rive. La lueur de la lune lui montre le chemin. Il se trouve au milieu du fleuve. Il commence à nager, mais il est tout de suite rejeté par la puissance sauvage de la Loire. Il est éreinté. Il est exténué. Ses forces l'abandonnent. Il imagine ce qu'a dû vivre Alioune. Un nouveau mouvement de bras et il aperçoit une grève à quelques mètres de lui. Il entreprend un gros effort pour l'atteindre. Il s'approche. Il essaie de s'y agripper. Il espère se mettre à l'abri. Il s'accroche au banc de sable, mais les grains lui glissent entre les doigts. Ils disparaissent aussitôt dans le fond. Il a peur. Il appelle dans la nuit.

— À l'aide ! Au secours !

Il parvient à attraper un branchage figé dans le gravier. Il se stabilise, mais le fleuve tourbillonne et le courant l'emporte. La bouée de fortune ne va pas tenir longtemps.

— Par ici ! Quelqu'un ?

Arnaud, les pieds dans l'eau, continue à inspecter la berge. Il s'approche d'un vieux saule aux frondaisons descendant jusqu'à terre et dont les racines plongent dans la Loire. Arnaud écarte le feuillage et pénètre sous les branches. Il distingue nettement des traces de pas dans la terre humide. Puis il se retourne d'un coup vers le fleuve. Il a cru entendre une voix dans la nuit. Il reste à l'affût. Il a bien écouté. Quelqu'un a besoin d'aide. Il appelle à son tour.

— Mahdi ! Mahdi ! C'est toi ? Où te trouves-tu ?

— Je me tiens là ! Au milieu ! Je ne résisterais pas longtemps !

— Ne bouge pas ! J'arrive !

Il sort de dessous le saule et rejoint Carole, Pierre et Alain. Tous ont entendu Mahdi. Arnaud n'attend pas. Il se dévêt et il plonge. Son fils,

Pierre, n'en croit pas ses yeux. Il n'a pas eu le temps de lui dire que c'était une folie. Carole appelle aussitôt les secours. Alain tente ce qu'il peut pour éclairer les eaux. Arnaud a localisé Mahdi. Il part dans sa direction le plus vite possible. Il a froid, mais il ne le sent pas. Il y met toute son énergie, mais le courant fort le fatigue. Il se sait en pleine forme et c'est un bon nageur. Il va sur ses soixante-quinze ans. La lampe d'Alain éclaire faiblement la zone. Pierre piétine nerveusement sur la berge. Il ne comprend pas le geste de son père. Carole essaie de le rassurer et confirme la venue des pompiers. Arnaud voit nettement Mahdi. Il ne se trouve plus qu'à quelques brasses. Mahdi est accroché au bord du banc de sable. L'attache peut céder à tout moment à cause du courant.

— Attends ! J'arrive !

Arnaud se stabilise à côté de Mahdi. Il parvient à se maintenir hors de l'eau à grand renfort de mouvements. Il ne sent plus son corps. Ses muscles se tétanisent.

— Il faut faire vite ! Je compte jusqu'à trois et tu quittes la branche ! Je te rattrape !

Sur la berge personne ne répond aux appels de Carole, Pierre et Alain. Arnaud s'exécute puis Mahdi largue sa perche. Il coule directement. Il vient d'être aspiré par un tourbillon. Arnaud plonge. Depuis la rive l'inquiétude grandit. Il ne voit rien sous la surface. Il descend plus profond. Il va manquer d'air. Dans un ultime mouvement de pieds, il parvient à toucher Mahdi. Il lui faut déployer un effort incroyable pour lui attraper la main. Arnaud serre du plus fort qu'il peut, mais il se sent à bout et sans énergie. Il peine à remonter vers la surface. Mahdi demeure inconscient. Arnaud frôle la syncope. L'eau froide le paralyse. Il tente un dernier geste de bras pour regagner l'air libre.

Pierre est affolé quand l'embarcation des secouristes revient vers la berge. Deux hommes en combinaison de plongée sont assis sur le pourtour du canot. Le troisième le dirige et s'occupe du moteur. Sur la terre une équipe attend. Elle s'apprête à l'action. Carole et Alain se tiennent debout au côté de Pierre. Ils ne voient pas s'il y a d'autres personnes à bord. Dès que le bateau s'approche de la rive, deux pompiers se précipitent et le tirent sur la petite plage. A l'intérieur, deux corps inanimés. Carole, Pierre et Alain sont gardés à distance. Ils restent muets et désemparés. Les secours s'affairent. Ils déploient des gestes sûrs et précis. Alain récupère les vêtements de Mahdi. Pierre prend ceux d'Arnaud. La brume avance au rythme lent et puissant des eaux du fleuve. Elle pose un voile changeant sur la lune blanche et se répand sur la campagne.

Dans la nuit froide et humide, sur les berges de la Loire, le véhicule des pompiers perce le brouillard avec son gyrophare et une sirène stridente. À son bord, il y a deux hommes. Ils vivent, mais restent inconscients.

Mahdi et Arnaud sont rapidement transportés à l'hôpital de Tours. Carole, Pierre et Alain suivent les secours à bord de la voiture d'Alain. Pierre téléphone à sa femme, Stéphanie, qui travaille là. L'appel ne dure pas longtemps. Il lui raconte le sauvetage de Mahdi et le geste de son père. Lorsqu'ils arrivent, Stéphanie les retrouve à l'accueil et les guide vers le service des urgences.

Pendant que Stéphanie part chercher des images, Carole, Pierre, Alain patientent nerveusement dans la salle d'attente. Plusieurs rangées de fauteuils plastiques inconfortables. Des murs recouverts d'une peinture verdâtre défraîchie. Une lumière jaune pâle qui descend des néons des vieux plafonniers. Dans un coin, une télévision allumée déverse de l'information en continu. En face, deux machines à café. Au pied de l'une d'elles, une belle tache poisseuse.

Il y fait froid. Vers l'extérieure, une grande baie automatique coulissante s'ouvre au rythme des visiteurs et des fumeurs. Alain la passe plusieurs fois pour profiter de sa pipe. De l'autre côté, deux portes battantes en plastique marquent un sas vers les box de soins.

Carole et Pierre ont maille à partir avec la machine à café. Après un long moment, Stéphanie revient dans la salle d'attente. Ils se rassemblent autour d'elle. Elle les rassure sur l'état de santé de Mahdi, mais elle s'inquiète pour celle d'Arnaud.

— Mahdi va bien ! Il se tient en légère hypothermie, mais il se porte bien. Il le garde en observation. Arnaud semble encore inconscient et son rythme cardiaque reste très faible. Il faut attendre !

Elle s'approche de Pierre et le prend dans ses bras. Ils demandent à voir Mahdi, mais Stéphanie lui indique que c'est impossible avant le lendemain. Il grimace. Lui a les yeux rougis. Il propose à Carole et Alain de rentrer et de revenir plus tard. Stéphanie embrasse tendrement Pierre et retourne à son travail. Le jour n'est pas tout à fait levé quand ils quittent l'hôpital. Ils sont fatigués. Il fait froid. Le bâtiment est enveloppé d'un épais brouillard. Arrivé chez lui, Pierre indique une chambre à Carole et Alain puis se retire dans la sienne. Il est épuisé. Les enfants sont encore couchés. Carole et Alain entrent et s'installent côte à côte sur le lit sans même se déshabiller. Ils s'endorment rapidement.

Mahdi se réveille doucement. Il garde les yeux fermés. Il voudrait rester dans ce rêve. Il flottait dans l'air au-dessus du monde. Léger comme un duvet se filant au gré du vent. Il survolait le Sénégal, le Mali, l'Algérie et le Maroc. La mer Méditerranée. L'Espagne et la France.

Son corps ne pesait aucun poids. Il n'éprouvait ni le froid ni la chaleur. Il n'endurait ni la faim ni la soif. Quand il ouvre les yeux, il ne reconnaît pas l'endroit. Au creux de ses bras, un tuyau est relié à une poche. Il sent des fourmillements au niveau des cicatrices de ses deux poignets et les perfusions le pique et le gène.

Maintenant, il se souvient. La mort d'Ousmane et sa folle course le long de la Loire. Son entrée dans le fleuve. Il s'était laissé aller porter par les eaux sombres et épaisses de la Loire.

Il avait retenu sa respiration jusqu'au bout puis, au point ultime, quand le corps a complètement consommé l'air et qu'il vient à manquer, une force inconnue l'avait arrachée de la noyade. Il se rappelle juste de s'être accroché à une branche. Il était coincé dans un banc de sable. Il ne se souvient pas comment il est parvenu à regagner la rive.

— Bonjour ! Comment vous sentez-vous ? dit l'infirmier en entrant dans la chambre.

— Où sont mes affaires ! grogne Mahdi qui songe à sa boussole.

— Je ne sais pas ! Je commence juste mon service, mais je vais me renseigner.

Mahdi se tourne vers la fenêtre et contemple le ciel. Son regard se fige. Triste et mélancolique. Ses grands yeux noirs emplis de vides et si lointains.

Ses boucles de cheveux tombent en bataille et lui couvrent une partie du visage. Stéphanie passe voir Mahdi. Il retrouve un peu le sourire. Elle lui raconte comment il a été sauvé par Arnaud. Il a été transporté par les pompiers jusqu'à l'hôpital. Avant de partir, elle le rassure et l'embrasse sur la joue. Mahdi est surpris, mais il apprécie. Stéphanie lui annonce qu'ils vont bientôt tous venir pour leur rendre visite et les ramener.

— Où se trouve Arnaud ?
— Il se tient dans une autre chambre, pas loin !
— Il va bien ? Est-ce que je peux le voir ?
— Pas encore, Mahdi. Il n'est toujours pas revenu à lui. Il faut attendre. Repose-toi !

Stéphanie quitte la pièce. Mahdi ressent tristesse et fatigue. Il ne décolère pas contre lui-même. Il s'en veut énormément d'avoir entraîné Arnaud dans cette histoire. En fin de matinée, une infirmière libère Mahdi de la perfusion. Peu après, c'est Alain qui entre dans la chambre. Il pose un sac au sol et prend Mahdi dans ses bras et le serre fort contre lui.

— Ne m'effraie plus jamais comme ça !

Mahdi ne retient pas ses larmes. Alain récupère les affaires et les met sur le lit. Mahdi ôte sa chemise d'hôpital et s'habille rapidement. Sous les vêtements, il retrouve sa boussole et il la glisse directement dans sa poche en regardant Alain d'un air complice.

— As-tu des nouvelles d'Arnaud ?
— Oui ! Il est sorti du coma et son cœur va mieux. Il doit rester encore un peu en observation. Il nous attend à côté !

Dans la chambre d'Arnaud, Mahdi rejoint Carole, Pierre et les enfants. Ils prennent tour à tour le jeune garçon dans leur bras. Mahdi s'approche du lit. Il s'avance avec timidité. Il affiche un air contrit. Arnaud présente une figure aux traits fatigués. Il le regarde avec bienveillance. Il saisit le visage de Mahdi dans ses vieilles mains ridées et le fixe dans les yeux.

— Mahdi ! Tu n'es plus seul ! On est ta famille ! On se tient à tes côtés quand tout va mal et que le destin t'arrache le cœur ! Puis il le prend par les épaules et le colle contre lui. Mahdi ! Merci de donner du sens à nos vies ! Michel et René-Jean t'admirent !

— Je m'en veux tellement. Je ne souhaitais pas tout ça. Tu m'as sauvé sans hésiter ! Je ne l'oublierais jamais. Mes parents qui sont partis trop tôt, puis Alioune, ensuite Ousmane. Je ne l'ai pas supporté !

— Ne t'inquiète pas Mahdi. On a besoin de toi. Demeure avec nous !

Mahdi et Arnaud passent le reste de la journée ensemble. Ils ont tant à apprendre l'un de l'autre. Arnaud sourit. Demain ils vont tous se retrouver chez Arnaud. La maison va se remplir de vie. Mahdi regarde sa boussole comme un talisman. Mahdi pense à son pays. Au loin il perçoit le son du djembé et du tama. La musique se rapproche. Des cordes du xalam montent une mélodie. Elle est posée sur le tempo et ces mots s'y balancent :

Je suis un voyageur venu d'Afrique.
J'ai traversé des rivières et des déserts.
J'ai mené des combats homériques.
Et je suis un voyageur de misère.

Dans les pas oubliés de mes ancêtres.
Je dessine une éphémère parabole.
Je voyage sans rien me promettre.
Vers le nord me conduit la boussole.

Mahdi, le jeune migrant venu du Sénégal, regarde danser l'aiguille fixée au-dessus de la rose des vents. Dans le protecteur creux de sa main, elle finit par se calmer. La pointe vermillon s'aligne au nord. L'autre met le cap au sud. Vers l'Afrique sans doute. Mahdi referme ses doigts.

Table

I - Chemin des Dames, printemps 1917 7

II — Saint-Louis, automne 2008 17

III — Paris, hiver 2019 25

IV — Saint-Louis, été 2015 29

V — Bamako, printemps 2018 35

VI — Gao, printemps 2018 41

VII — Kidal, printemps 2018 47

VIII — Sahara, printemps 2018 51

IX — Algérie, printemps 2018 57

X — Mer d'Alboran, printemps 2018 61

XI — El Ejido, printemps 2018 67

XII — Paris, hiver 2019 73

XIII — Ousmane, avant 2018 79

XIV — Alain, hiver 2019 85

XV — Le journal, hiver 2019 93

XVI — Hôpital de campagne, printemps 1917 102

XVII — Retour au Sénégal, été 1919 108

XVIII — Tours, hiver 2020 112

XIX — Paris, hiver 2019 120

XX — Calais, hiver 2019 126

XXI — Berry-Au-Bac, hiver 2019 132

XXII — Loire, printemps 2020 142

XXIII — Tours, printemps 2020 148

XXIV — Calais, printemps 2020 165

XXV — Bord de Loire, printemps 2020 173